缘缘堂书系〔丰子恺插图本〕

缘缘堂·随笔二十篇

丰子恺 著

图书在版编目(CIP)数据

缘缘堂·随笔二十篇/丰子恺著.—北京:人民文学出版社,2022
(缘缘堂书系·丰子恺插图本)
ISBN 978-7-02-016924-5

Ⅰ.①缘… Ⅱ.①丰… Ⅲ.①散文集—中国—现代 Ⅳ.①I266

中国版本图书馆CIP数据核字(2021)第241446号

责任编辑　温　淳　陈　悦
装帧设计　刘　远
责任校对　刘晓强
责任印制　宋佳月

出版发行　人民文学出版社
社　　址　北京市朝内大街166号
邮政编码　100705

印　　刷　北京盛通印刷股份有限公司
经　　销　全国新华书店等

字　　数　53千字
开　　本　787毫米×1092毫米　1/32
印　　张　4.875　插页1
印　　数　1—6000
版　　次　2022年4月北京第1版
印　　次　2022年4月第1次印刷

书　　号　978-7-02-016924-5
定　　价　45.00元

如有印装质量问题,请与本社图书销售中心调换。电话:010-65233595

版本说明

1926年,弘一法师云游经过上海,来到丰子恺家中探望。丰子恺请弘一法师为自己的住所取名,弘一法师让丰子恺在小方纸上写了许多他所喜欢而可以互相搭配的文字,团成许多小纸球,撒在释迦牟尼画像前的供桌上,拿两次阄,拆开来都是"缘"字,遂名寓所为"缘缘堂"。缘缘堂并没有厅堂,是一个象征性的名称,以后丰子恺每迁居哪里,横披便挂在哪里,一直到1933年在故乡石门湾造成像样的宅院,给缘缘堂赋予真的形。

因为有弘一法师为丰子恺的寓所缘缘堂命名,所以丰先生称缘缘堂为"灵的存在",而那些冠以缘缘堂的随笔,由此也充满睿智与灵气,这正应了郁达夫对于缘缘堂随笔的评价:"人家只晓得他的漫画入神,殊不知他的散文,清幽玄妙,灵达处反远出在他的画笔之上。"

本次出版的"缘缘堂书系·丰子恺插图本"包含《缘缘堂随笔》《缘缘堂再笔》《缘缘堂续笔》《缘缘堂新笔》《缘缘堂·车厢社会》《缘缘堂·随笔二十篇》六本散文集,每篇散文皆为丰子恺在缘缘堂时期创作。

丰子恺的缘缘堂系列作品在历年的出版过程中多次被拆分组合,形成各样版本的文集。本书系的文集皆采用初版本的篇目,且配上大量丰子恺在缘缘堂时期创作的漫画,还给读者一份原汁原味的"缘缘堂"。

目 录

付印记　001

吃瓜子　003

读书　014

邻人　019

蝌蚪　024

给我的孩子们　036

作父亲　044

儿戏　051

旧地重游　055

两场闹　061

梦痕　069

两个"？" 079

怜伤 087

爱子之心 091

梦耶真耶 095

新年 106

春 112

五月 120

九日 126

随感五则 130

随感十三则 136

付印记

此集中所收随笔，大部分是最近二三年间应各杂志的征稿而作的。往往在限期将到的一二天中，临渴掘井地想出题目来，作出文章来，匆忙地封好了，寄出去。其中唯有两篇——《给我的孩子们》和《随感五则》——是七八年前自动地作的。前者为《子恺画集》的序文，后者无端地写在一册英文抄本里，后来被人见了，拿去登在从前的《一般》杂志里作补白。

前月天马书店托陈之佛兄来信向我索书稿，说要我把近来在各杂志里所发表的随笔结集起来，归他出版。我搜集旧稿，觉得只有二十篇聊可应付。就把它们修改一下,编排一下,使成了一册的样子,寄给之佛兄去。

廿三〔1934〕年七月一日下午,寒暑表上九十八度的时候,丰子恺记

吃瓜子①

从前听人说：中国人人人具有三种博士的资格：拿筷子博士、吹煤头纸博士、吃瓜子博士。

拿筷子，吹煤头纸②，吃瓜子，的确是中国人独得的技术。其纯熟深造，想起了可以使人吃惊。这里精通拿筷子法的人，有了一双筷，可抵刀锯叉瓢一切器具之用，爬罗剔抉，无所不精。这两根毛竹仿佛是身体上的一部分，手指的延长，或者一对取食的触手。用时好像变戏法者的一种演技，熟能生巧，巧极通神。不必说西洋了，就是我们自己看了，也可惊叹。至于精通吹煤头纸法的人，首推几位一天到晚捧水烟

---

① 本篇原载1934年5月16日《论语》第41期。
② 煤头纸，指卷成纸筒后用以引火的一种薄纸。

筒的老先生和老太太。他们的"要有火"比上帝还容易，只消向煤头纸上轻轻一吹，火便来了。他们不必出数元乃至数十元的代价去买打火机，只要有一张纸，便可临时在膝上卷起煤头纸来，向铜火炉盖的小孔内一插，拔出来一吹，火便来了。我小时候看见我们染坊店里的管帐先生，有种种吹煤头纸的特技。我把煤头纸高举在他的额旁边了，他会把下唇伸出来，使风向上吹；我把煤头纸放在他的胸前了，他会把上唇伸出来，使风向下吹；我把煤头纸放在他的耳旁了，他会把嘴歪转来，使风向左右吹；我用手按住了他的嘴，他会用鼻孔吹，都是吹一两下就着火的。中国人对于吹煤头纸技术造诣之深，于此可以窥见。所可惜者，自从卷烟和火柴输入中国而盛行之后，水烟这种"国烟"竟被冷落，吹煤头纸这种"国技"也很不发达了。生长在都会里的小孩子，有的竟不会吹，或者连煤头纸这东西也不曾见过。在努力保存国粹的人看来，这也是一种可虑的现象。近来国内有不少人努力于国粹保存。国医、国药、国术、国乐，都有人在那里提倡。

也许水烟和煤头纸这种国粹，将来也有人起来提倡，使之复兴。

但我以为这三种技术中最进步最发达的，要算吃瓜子。近来瓜子大王的畅销，便是其老大的证据。据关心此事的人说，瓜子大王一类的装纸袋的瓜子，最近市上流行的有许多牌子。最初是某大药房"用科学方法"创制的，后来有什么"好吃来公司""顶好吃公司"……等种种出品陆续产出。到现在差不多无论哪个穷乡僻处的糖食摊上，都有纸袋装的瓜子陈列而倾销着了。现代中国人的精通吃瓜子术，由此盖可想见。我对于此道，一向非常短拙，说出来有伤于中国人的体面，但对自家人不妨谈谈。我从来不曾自动地找求或买瓜子来吃。但到人家作客，受人劝诱时，或者在酒席上、杭州的茶楼上，看见桌上现成放着瓜子盆时，也便拿起来咬。我必须注意选择，选那较大、较厚、而形状平整的瓜子，放进口里，用臼齿"格"地一咬，再吐出来，用手指去剥。幸而咬得恰好，两瓣瓜子壳各向两旁扩张而破裂，瓜仁没有咬碎，剥起来就较为省力。若用力不得其法，两瓣瓜子壳和瓜仁叠在一起而折断了，吐出来的时候我就担忧。那瓜子已纵断为两半，两半瓣的瓜仁紧紧地装塞在两半瓣的瓜子壳中，好像日本版的洋装书，套在很紧的厚纸函中，不容易取它出来。这种洋装书的取出法，现在都已从日本人那里学得，不要把指头塞进厚纸函中去力挖，只要使函口向下，两手扶着函，上下振动数次，洋装书自会脱壳而出。然而半瓣瓜子的形状太小了，不能应用这个方法，我只得用指爪细细地剥取。有时因为练习弹琴，两手的指爪都剪平，和尚头一般的手指对它简直毫无办法。我只得乘人不见把它抛弃了。在痛感困难的时候，我本拟不再吃瓜子了。但抛弃了之后，觉得口中有一种非甜非咸的香味，会引逗我再吃。我便不由地伸起手来，另选一粒，再送交臼齿去咬。不幸而这瓜子太燥，我的用力又太猛，"格"地一响，玉石不分，咬成了无数的碎块，事体就更糟了。我只得把粘着唾液的碎块尽行吐出在手心里，用心挑选，剔去壳的碎块，然后用舌尖舐食瓜仁的碎块。然而这挑选颇不容易，因为壳的碎块的一面也是白色的，与瓜仁无异，我误认为全是瓜仁而舐进口中去嚼，其味虽非嚼蜡，却等于嚼砂。壳的碎片紧紧地嵌进牙齿缝里，找不到牙签就无法取出。碰到这种钉子的时候，我就下个决心，从此戒绝瓜子。戒绝之法，大抵是喝一口茶来漱一漱口。点起一支香烟，或者把瓜子盆推开些，把身体换个方向坐了，以示不再对它发生关系。然而过了几分钟，与别人谈了几句话，不知不觉之间，会跟了别人而伸手向盆中摸瓜子来咬。等到自己觉察破戒的时候，往往是已经咬过好几粒了。这样，吃了非戒不可，戒了非吃不可；吃而复戒，戒而复吃，我为它受尽苦痛。这使我现在想起了瓜子觉得害怕。

但我看别人，精通此技的很多。我以为中国人的三种博士才能中，咬瓜子的才能最可叹佩。常见闲散的少爷们，一只手指间夹着一支香烟，一只手握着一把瓜子，且吸且咬，且咬且吃，且吃且谈，且谈且笑。从容自由，直是"交关写意"！他们不须拣选瓜子，也不须用手指去剥。一粒瓜子塞进了口里，只消"格"

地一咬,"呸"地一吐,早已把所有的壳吐出,而在那里嚼食瓜子的肉了。那嘴巴真像一具精巧灵敏的机器,不绝地塞进瓜子去,不绝地"格""呸""格""呸"……全不费力,可以永无罢休。女人们、小姐们的咬瓜子,态度尤加来得美妙:她们用兰花似的手指摘住瓜子的圆端,把瓜子垂直地塞在门牙中间,而用门牙去咬它的尖端。"的,的"两响,两瓣壳的尖头便向左右绽裂。然后那手敏捷地转个方向,同时头也帮着了微微地一侧,使瓜子水平地放在门牙口,用上下两门牙把两瓣壳分别拔开,咬住了瓜子肉的尖端而抽它出来吃。这吃法不但"的,的"的声音清脆可听,那手和头的转侧的姿势窈窕得很,有些儿妩媚动人。连丢去的瓜子壳也模样较好,有如朵朵兰花。由此看来,咬瓜子是中国少爷们的专长,而尤其是中国小姐、太太们的拿手戏。

在酒席上、茶楼上,我看见过无数咬瓜子的圣手。近来瓜子大王畅销,我国的小孩子们也都学会了咬瓜子的绝技。我的技术,在国内不如小孩子们远甚,只能在外国人面前占胜。记得从前我在赴横滨的轮船中,与一个日本人同舱。偶检行箧,发见亲友所赠的一罐瓜子。旅途寂寥,我就打开来和日本人共吃。这是他平生没有吃过的东西,他觉得非常珍奇。在这时候,我便老实不客气地装出内行的模样,把吃法教导他,并且示范地吃给他看。托祖国的福,这示范没有失败。但看那日本人的练习,真是可怜得很!他如法将瓜子塞进口中,"格"地一咬,然而咬时不得其法,将唾液把瓜子的外壳全部浸湿,拿在手里剥的时候,滑来滑去,无从下手,终于滑落在地上,无处寻找了。他空咽一口唾液,再选一粒来咬。这回他剥时非常小心,把咬碎了的瓜子陈列在舱中的食桌上,俯伏了头,细细地剥,好像修理钟表的样子。约莫一二分钟之后,好容易剥得了些瓜仁的碎片,郑重地塞进口里去吃。我问他滋味如何,他点点头连称 umai, umai!(好吃,好吃!)我不禁笑了出来。我看他那阔大的嘴里放进一些瓜仁的碎屑,犹如沧海中投以一粟,亏他辨出 umai 的滋味来。但我的笑不仅为这点滑稽,半由于骄矜自夸的心理。我想,这毕竟是中国人独得的技术,像我这样对于此道最拙劣的人,也能在外国人面前占胜,何况国内无数精通此道的少爷、小姐们呢?

发明吃瓜子的人,真是一个了不起的天才!这是一种最有效的"消闲"法。要"消磨岁月",除了抽鸦片以外,没有比吃瓜子更好的方法了。其所以最有效者,为了它具备三个条件:一、吃不厌;二、吃不饱;三、要剥壳。

俗语形容瓜子吃不厌,叫做"勿完勿歇"。为了它有一种非甜非咸的香味,能引逗人不断地要吃。想再吃一粒不吃了,但是嚼完吞下之后,口中余香不绝,不由你不再伸手向盆中或纸包里去摸。我们吃东西,凡一味甜的,或一味咸的,往往易于吃厌。只有非甜非咸的,可以久吃不厌。瓜子的百吃不厌,便是为此。有一位老于应酬的朋友告诉我一段吃瓜子的趣话:说他已养成了见瓜子就吃的习惯。有一次同了朋友到戏馆里看戏,坐定之后,看见茶壶的旁边放着一包打开的瓜子,便随手向包里掏取几粒,一面咬着,一面看戏。咬完了再取，取了再咬。如是数次，发见邻席的不相识的观剧者也来掬取。方才想起了这包瓜子的所有权。低声问他的朋友："这包瓜子是你买来的吗？"那朋友说"不"，他才知道刚才是擅吃了人家的东西，便向邻座的人道歉。邻座的人很漂亮，付之一笑，索性正式地把瓜子请客了。由此可知瓜子这样东西，对中国人有非常的吸引力，不管三七二十一，见了瓜子就吃。

俗语形容瓜子吃不饱，叫做"吃三日三夜，长个屎尖头"。因为这东西分量微小，无论如何也吃不饱，连吃三日三夜，也不过多排泄一粒屎尖头。为消闲计，这是很重要的一个条件。倘分量大了，一吃就饱，时间就无法消磨。这与赈饥的粮食，目的完全相反。赈饥的粮食求其吃得饱，消闲的粮食求其吃不饱。最好只尝滋味而不吞物质。最好越吃越饿，像罗马亡国之前所流行的"吐剂"一样，则开筵大嚼，醉饱之后，咬一下瓜子可以再来开筵大嚼。一直把时间消磨下去。

要剥壳也是消闲食品的一个必要条件。倘没有壳，吃起来太便当，容易饱，时间就不能多多消磨了。一定要剥，而且剥的技术要有声有色，使它不像一种苦工，而像一种游戏，方才适合于有闲阶级的生活，可让他们愉快地把时间消磨下去。

具足以上三个利于消磨时间的条件的，在世间一切食物之中，想来想去，只有瓜子。所以我说发明吃瓜子的人是了不起的天才。而能尽量地享用瓜子的中国人，在消闲一道上，真是了不起的积极的实行家！试看糖食店、南货店里的瓜子的畅销，试看茶楼、酒店、家庭中满地的瓜子壳，便可想见中国人在"格，呸""的，的"的声音中消磨去的时间，每年统计起来为数一定可惊。将来此道发展起来，恐怕是全中国也可消灭在"格，呸""的，的"的声音中呢。

我本来见瓜子害怕，写到这里，觉得更加害怕了。

廿三〔1934〕年四月廿日

茶店一角

读 书①

《中学生》杂志社出了一个关于"书"的题目来,命我写一篇随笔。倘要随我的笔写出,我新近到杭州去医眼疾,独游西湖,看了西湖上的字略有所感,让我先写些关于字的话吧。

以前到杭州,必伴着一群人,跟着众人的趋向而游西湖。走马看花地巡行,于各处皆不曾久留。这回独自来游,毫无牵累。又是为求医而来,闲玩似属天经地义,不妨于各处从容淹留。我每在一个寻常惯到的地方泡一碗茶,闲坐,闲行,闲看,闲想,便可勾留半日之久。

---

① 本篇原载1933年11月《中学生》第39号。后由作者加以删改,改名《独游西湖》,发表在1947年7月7日《天津民国日报》上。

听了医生的话，身边不带一册书。但不幸而识字，望见眼前有文字的地方，会不期地睁着病眼去辨识。甚至于苦苦地寻认字迹，探索意味。我这回才注意到：西湖上发表着的文字非常之多，皇帝的御笔，名人士夫的联额，或勒石，或刻木冠，冠冕堂皇地，金碧辉煌地，装点在到处的寺院台榭中。这些都是所谓名笔，将与湖山同朽，千古留名的。但寺院台榭内的墙壁上，栋柱上，甚至门窗上，还拥挤着无数游客的题字，也是想留名于湖山的。其文字大意不过是"某年某月某日某人到此"而已，但表现之法各人不同：有的用炭条写，有的用铅笔写，有的带了（或许是借了）毛笔去写，又有的深恐风雨侵蚀他的芳名，特用油漆涂写。或者不是油漆，是画家的油画颜料。画家随身带着永不退色的法国罗佛朗制的油画颜料，要在这里留名千古，是很容易的。写的形式，又各人不同：有的字特别大，有的笔划特别粗，皆足以牵惹人目。有的在别人直书的上面故用横行、斜行的文字，更为显著而立异。又有的引用英文、世界语，使在满壁的汉字中别开生面。我每到一处地方，不论碑上的、额上的、壁上的、柱上的，凡是文字，都喜观玩。但有的地方实在汗牛充栋，尽半日淹留之长，到底不能一一读遍所有各家的大作。我想，倘要尽读全西湖上发表着的所有的文字，恐非有积年累月的闲工夫不可。

我这回仅在惯到的几处闲玩二三日。但所看到的文字已经不少。推想别处，也不过是同样性质的东西增加分量罢了。每当目瞑意倦的时候，便回想关于所见的所感。勒石的御笔和金碧的名人手迹中，佳作固然有，但劣品亦处处皆是。它们全靠占着优胜的地位，施着华美的装潢，故能掩丑于无知者之前。若赤裸裸地品起美术的价值来，不及格的恐怕很多。壁上的炭条文字中，涂鸦固然多，但真率自然之笔亦复不少。有的似出于天真烂漫的儿童之手，有的似出于略识之无的工人之手。然而一种真率简劲的美，为金碧辉煌的作品中所不能见。可惜埋没在到处的暗壁角里，不易受世人的赏识，长使笔者为西湖上无名的作家耳。假如湖山的管领者肯选拔这些文字来，勒在石上，刻

藏书如山积

在木上，其美术的价值当比御笔的石碑高贵得多呢。

　　我的感想已经写完，但终于没有写到本题。倘读书与看字有共通的情形，就让读者"闻一以知二"吧。不然，我这篇随笔文不对题，让编辑先生丢在字纸笼里吧。

廿二〔1933〕年九月

邻 人[①]

前年我曾画了这样的一幅画：两间相邻的都市式的住家楼屋，前楼外面是走廊和栏杆。栏杆交界处，装着一把很大的铁条制的扇骨，仿佛一个大车轮，半个埋在两屋交界的墙里，半个露出在檐下。两屋的栏杆内各有一个男子，隔着那铁扇骨一坐一立，各不相干。画题叫做"邻人"。

这是我从上海回江湾时，在天通庵附近所见的实景。这铁扇骨每根头上尖锐，好像一把枪。这是预防邻人的逾墙而设的。若在邻人面前，可说这是预防窃贼的蔓延而设的。譬如一个窃贼钻进了张家的楼上，

[①] 本篇原载1933年1月《良友》图书月刊第73期，当时题名为《羞耻的象征》，收入《随笔二十篇》时有改动。

邻人

界墙外有了这把尖头的铁扇骨,他就无法逾墙到隔壁的李家去行窃。但在五方杂处,良莠不齐的上海地方,它的作用一半原可说是防邻人的。住在上海的人有些儿太古风,"打牌猜拳之声相闻,至老死不相往来"。这样,邻人的身家性行全不知道,这铁扇骨的防备原是必要的了。

我经过天通庵的时候,觉得眼前一片形形色色的都市的光景中,这把铁扇骨最为触目惊心。这是人类社会的丑恶的最具体,最明显,最庞大的表象。人类社会的设备中,像法律、刑罚等,都是为了防范人的罪恶而设的,但那种都不显露形迹。从社会的表面上看,我们只见锦绣山河,衣冠文物之邦,一时不会想到其间包藏着人类的种种丑恶。又如城、郭、门、墙,也是为防盗贼而设的。这虽然是具体而又庞大的东西,但形状还文雅,暗藏。我们看见了似觉这是与山岭、树木等同类的东西,不会明显地想见人类中的盗贼。更进一步,例如锁,具体而又文明地表示着人类互相防备的用意,可说是人类的丑恶的证据,羞耻的象征了。但它的形象太小，不容易使人注意；用处太多，混迹在箱笼门窗的装饰纹样中，看惯了一时还不容易使人明显地联想到盗窃。只有那把铁扇骨，又具体，又明显，又庞大地表示着它的用意，赤裸裸地宣示着人类的丑恶与羞耻。所以我每次经过天通庵，这件东西总是强力地牵惹我的注意，使我发生种种的感想。造物主赋人类以最高的智慧，使他们做了万物之灵，而建设这庄严灿烂的世界。在自称文明进步的今日，假如造物主降临世间，一一地检点人类的建设，看到锁和那把铁扇骨而查问它们的用途与来历时，人类的回答将何以为颜？对称的形状，均齐的角度，秀美的曲线，是人类文化最上乘的艺术的样式。把这等样式应用在建筑上，家具上，汽车上，飞机上，原足以夸耀现代人生活的进步，但应用在锁和这铁扇骨上，真有些儿可惜。上海的五金店里，陈列着各式各样的"四不灵"①锁。有德国制的，有美国制的；有几块钱

---

① "四不灵"，英文 spring（弹簧）的音译，指弹簧锁。

一把的,有几十块钱一把的;有方的,有圆的,有作各种玲珑的形状的。工料都很精,形式都很美,好像一种徽章。这确是一种徽章,这是人类的丑恶与羞耻的徽章!人类似嫌这种徽章太小,所以又在屋上装起很大的铁扇骨来,以表扬其羞耻。使人一见就可想起世间有着须用这大铁扇骨来防御的人,以及这种人的产生的原因。

我在画上题了"邻人"两字,联想起了"肯与邻翁相对饮,隔篱呼取尽余杯"的诗句。虽然自己不喝酒,但想象诗句所咏的那种生活,悠然神往,几乎把画中的铁扇骨误认为篱了。

廿一〔1932〕年十二月十四日

蝌 蚪①

一

每度放笔,凭在楼窗上小憩的时候,望下去看见庭中的花台的边上,许多花盆的旁边,并放着一只印着蓝色图案模样的洋瓷②面盆。我起初看见的时候,以为是洗衣物的人偶然寄存着的。在灰色而简素的花台的边上,许多形式朴陋的瓦质的花盆的旁边,配置一个机械制造而施着近代风图案的精巧的洋瓷面盆,绘画地看来,很不调和,假如眼底展开着的是一张画纸,我颇想找块橡皮来揩去它。

一天,二天,三天,洋瓷面盆尽管放在花台的边

---

① 本篇原载1934年5月20日《人间世》第4期。
② 洋瓷,即搪瓷。

上。这表示不是它偶然寄存，而负着一种使命。晚间凭窗欲眺的时候，看见放学出来的孩子们聚在墙下拍皮球。我欲知道洋瓷面盆的意义，便提出来问他们。才知道这面盆里养着蝌蚪，是春假中他们向田里捉来的。我久不来庭中细看，全然没有知道我家新近养着这些小动物；又因面盆中那些蓝色的图案，细碎而繁多，蝌蚪混迹于其间，我从楼窗上望下去，全然看不出来。蝌蚪是我儿时爱玩的东西，又是学童时代在教科书里最感兴味的东西，说起来可以牵惹种种的回想，我便专诚下楼来看它们。

洋瓷面盆里盛着大半盆清水，瓜子大小的蝌蚪十数个，抖着尾巴，急急忙忙地游来游去，好像在找寻什么东西。孩子们看见我来欣赏他们的作品，大家围集拢来，得意地把关于这作品的种种话告诉我：

"这是从大井头的田里捉来的。"

"是清明那一天捉来的。"

"我们用手捧了来的。"

"我们天天换清水的呀。"

"这好像黑色的金鱼。"

"这比金鱼更可爱!"

"他们为什么不绝地游来游去?"

"他们为什么还不变青蛙?"

他们的疑问把我提醒,我看见眼前这盆玲珑活泼的小动物,忽然变成一种苦闷的象征。

我见这洋瓷面盆仿佛是蝌蚪的沙漠。它们不绝地游来游去,是为了找寻食物。它们的久不变成青蛙,是为了不得其生活之所。这几天晚上,附近田里蛙鼓的合奏之声,早已传达到我的床里了。这些蝌蚪倘有耳,一定也会听见它们的同类的歌声。听到了一定悲伤,每晚在这洋瓷面盆里哭泣,亦未可知!它们身上有着泥土水草一般的保护色,它们只合在有滋润的泥土,丰肥的青苔的水田里生活滋长。在那里有它们的营养物,有它们的安息所,有它们的游乐处,还有它们的大群的伴侣。现在被这些孩子们捉了来,关在这洋瓷面盆里,四周围着坚硬的洋铁,全身浸着淡薄的白水,所接触的不是同运命的受难者,便是冷酷的珐琅质。任凭它们镇日急急忙忙地游来游去，终于找不到一种保护它们，慰安它们，生息它们的东西。这在它们是一片渡不尽的大沙漠。它们将以幼虫之身，默默地夭死在这洋瓷面盆里，没有成长变化，而在青草池塘中唱歌跳舞的欢乐的希望了。

这是苦闷的象征，这是象征着某种生活之下的人的灵魂！

二

我劝告孩子们："你们只管把蝌蚪养在洋瓷面盆中的清水里，它们不得充分的养料和成长的地方，永远不能变成青蛙，将来统统饿死在这洋瓷面盆里！你们不要当它们金鱼看待！金鱼原是鱼类，可以一辈子长在水里；蝌蚪是两栖类动物的幼虫，它们盼望长大，长大了要上陆，不能长居水里。你看它们急急忙忙的游来游去，找寻食物和泥土，无论如何也找不到，样子多么可怜！"

孩子们被我这话感动了,矍矍地向洋瓷面盆里看。有几人便问我:"那么,怎么好呢?"

我说:"最好是送它们回家 —— 拿去倒在田里。过几天你们去探访,它们都已变成青蛙,'哥哥,哥哥'地叫你们了。"

孩子们都欢喜赞成,就有两人抬着洋瓷面盆,立刻要送它们回家。

我说:"天将晚了,我们再留它们一夜明天送回去罢。现在走到花台里拿些它们所欢喜的泥来,放在面盆里,可以让它们吃吃,玩玩。也可让它们知道,我们不再虐待它们,我们先当作客人款待它们一下,明天就护送它们回家。"

孩子们立刻去捧泥,纷纷地把泥投进面盆里去。有的人叫着:"轻轻地,轻轻地!看压伤了它们!"

不久,洋瓷面盆底里的蓝色的图案都被泥土遮掩。那些蝌蚪统统钻进泥里,一只也看不见了。一个孩子寻了好久,锁着眉头说:"不要都压死了?"便伸手到水里拿开一块泥来看。但见四个蝌蚪密集在面盆底上的泥的凹洞里，四个头凑在一起，尾巴向外放射，好像在那里共食什么东西，或者共谈什么话。忽然一个蝌蚪摇动尾巴，急急忙忙地游了开去。游到别的一个泥洞里去一转，带了别的一个蝌蚪出来，回到原处。五个人聚在一起，五根尾巴一齐抖动起来，成为五条放射形的曲线，样子非常美丽。孩子们呀呀地叫将起来。我也暂时忘记了自己的年龄，附和着他们的声音呀呀地叫了几声。

随后就有几人异口同声地要求："我们不要送它们回家，我们要养在这里！"我在当时的感情上也有这样的要求；但觉左右为难，一时没有话回答他们，踌躇地微笑着。一个孩子恍然大悟地叫道："好！我们在墙角里掘一个小池塘倒满了水同田里一样，就把它们养在那里。它们大起来变成青蛙，就在墙角里的地上跳来跳去。"大家拍手说"好"！我也附和着说"好"！大的孩子立刻找到种花用的小锄头，向墙角的泥地上去垦。不久，垦成了面盆大的一个池塘。大家说："够大了，够大了！""拿水来，拿水来！"就有两个孩子扛开水缸的盖,用浇花壶提了一壶水来,倾在新开的小池塘里。起初水满满的,后来被泥土吸收,渐渐地浅起来。大家说:"水不够,水不够。"小的孩子要再去提水,大的孩子说:"不必了,不必了,我们只要把洋瓷面盆里的水连泥和蝌蚪倒进塘里,就正好了。"大家赞成。蝌蚪的迁居就这样地完成了。

夜色朦胧,屋内已经上灯。许多孩子每人带了一双泥手,欢喜地回进屋里去,回头叫着:"蝌蚪,再会!""蝌蚪,再会!""明天再来看你们!""明天再来看你们!"一个小的孩子接着说:"它们明天也许变成青蛙了。"

三

洋瓷面盆里的蝌蚪,由孩子们给迁居在墙角里新开的池塘里了。孩子们满怀的希望,等候着它们的变成青蛙。我便怅然地想起了前几天遗弃在上海的旅馆里的四只小蝌蚪。

蝌 蚪

今年的清明节，我在旅中度送。乡居太久了有些儿厌倦，想调节一下。就在这清明的时节，做了路上的行人。时值春假，一孩子便跟了我走。清明的次日，我们来到上海。十里洋场，我一看就生厌，还是到城隍庙里去坐坐茶店，买买零星玩意，倒有趣味。孩子在市场的一角看中了养在玻璃瓶里的蝌蚪，指着了要买。出十个铜板买了。后来我用拇指按住了瓶上的小孔，坐在黄包车里带它回旅馆去。

回到旅馆，放在电灯底下的桌子上观赏这瓶蝌蚪，觉得很是别致：这真像一瓶金鱼，共有四只。颜色虽不及金鱼的漂亮，但是游泳的姿势比金鱼更为活泼可爱。当它们潜在瓶边上时，我们可以察知它们的实际的大小只及半粒瓜子。但当它们游到瓶中央时，玻璃瓶与水的凸镜的作用把它们的形体放大，变化参差地映入我们的眼中，样子很是好看。而在这都会的旅馆的楼上的五十支光电灯底下看这东西愈加觉得稀奇。这是春日田中很多的东西。要是在乡间，随你要多少，不妨用斗来量。但在这不见自然面影的都会里，不及半粒瓜子大的四只，便已可贵，要装在玻璃瓶内当作金鱼欣赏了，真有些儿可怜。而我们，原是常住在乡间田畔的人，在这清明节离去了乡间而到红尘万丈的中心的洋楼上来鉴赏玻璃瓶里的四只小蝌蚪，自己觉得可笑。这好比富翁舍弃了家里的酒池肉林而加入贫民队里来吃大饼油条；又好比帝王舍弃了上苑三千而到民间来钻穴窥墙。

一天晚上，我正在床上休息的时候，孩子在桌上玩弄这玻璃瓶，一个失手，把它打破了。水泛滥在桌子上，里面带着大大小小的玻璃碎片，蝌蚪躺在桌上的水痕中蠕动，好似涸辙之鱼，演成不可收拾的光景，归我来办善后。善后之法，第一要救命。我先拿一只茶杯，去茶房那里要些冷水来，把桌上的四个蝌蚪轻轻地掇进茶杯中，供在镜台上了。然后一一拾去玻璃的碎片，揩干桌子。约费了半小时的扰攘，好容易把善后办完了。去镜台上看看茶杯里的四只蝌蚪，身体都无恙，依然是不绝地游来游去，但形体好像小了些，似乎不是原来的蝌蚪了。以前养在玻璃瓶中的时候，因有凸镜的作用，其形状忽大忽小，变化百出，好看得多。现在倒在茶杯里一看，觉得就只是寻常乡间田里的四只蝌蚪，全不足观。都会真是枪花①繁多的地方，寻常之物，一到都会里就了不起。这十里洋场的繁华世界，恐怕也全靠着玻璃瓶的凸镜的作用映成如此光怪陆离。一旦失手把玻璃瓶打破了，恐怕也只是寻常乡间田里的四只蝌蚪罢了。

　　过了几天，家里又有人来玩上海。我们的房间嫌小了，就改赁大房间。大人，孩子，加以茶房，七手八脚地把衣物搬迁。搬好之后立刻出去看上海。为经济时间计，一天到晚跑在外面，乘车，买物，访友，游玩，少有在旅馆里坐的时候，竟把小房间里镜台上的茶杯里的四只小蝌蚪完全忘却了；直到回家后数天，看到花台边上洋瓷面盆里的蝌蚪的时候，方然忆及。现在孩子们给洋瓷面盆里的蝌蚪迁居在墙角里新开的小池塘里，满怀的希望，等候着它们的变成青蛙。我

---

① 枪花，江南一带方言，意即欺人之计。

蝌蚪

蝌蚪

更怅然地想起了遗弃在上海的旅馆里的四只蝌蚪。不知它们的结果如何？

大约它们已被茶房妙生倒在痰盂里，枯死在垃圾桶里了？妙生欢喜金铃子，去年曾经想把两对金铃子养过冬，我每次到这旅馆时，他总拿出他的牛筋盒子来给我看，为我谈种种关于金铃子的话。也许他能把对金铃子的爱推移到这四只蝌蚪身上，代我们养着，现在世间还有这四只蝌蚪的小性命的存在，亦未可知。

　然而我希望它们不存在。倘还存在，想起了越是可哀！它们不是金鱼，不愿住在玻璃瓶里供人观赏。它们指望着生长，发展，变成了青蛙而在大自然的怀中唱歌跳舞。它们所憧憬的故乡，是水草丰足，春泥粘润的田畴间，是映着天光云影的青草池塘。如今把它们关在这商业大都市的中央，石路的旁边，铁筋建筑的楼上，水门汀砌的房笼内，瓷制的小茶杯里，除了从自来水龙头上放出来的一勺之水以外，周围都是瓷，砖，石，铁，钢，玻璃，电线，和煤烟，都是不适于它们的生活而足以致它们死命的东西。世间的凄凉，残酷，和悲惨，无过于此。这是苦闷的象征，这象征着某种生活之下的人的灵魂。

　假如有谁来报告我这四只蝌蚪的确还存在于那旅馆中，为了象征的意义，我准拟立刻动身，专赴那旅馆中去救它们出来，放乎青草池塘之中。

一九三四年四月廿二日

给我的孩子们①

我的孩子们！我憧憬于你们的生活,每天不止一次！我想委曲地说出来,使你们自己晓得。可惜到你们懂得我的话的意思的时候,你们将不复是可以使我憧憬的人了。这是何等可悲哀的事啊！

瞻瞻！你尤其可佩服。你是身心全部公开的真人。你什么事体都像拼命地用全副精力去对付。小小的失意,像花生米翻落地了,自己嚼了舌头了,小猫不肯吃糕了,你都要哭得嘴唇翻白,昏去一两分钟。外婆普陀去烧香买回来给你的泥人,你何等鞠躬尽瘁地抱他,喂他;有一天你自己失手把他打破了,你的

---

① 本篇原载1926年12月26日《文学周报》第4卷第6期,署名:子恺。

号哭的悲哀，比大人们的破产，失恋，broken heart〔心碎〕，丧考妣，全军覆没的悲哀都要真切。两把芭蕉扇做的脚踏车，麻雀牌堆成的火车，汽车，你何等认真地看待，挺直了嗓子叫"汪——""咕咕咕……"，来代替汽笛。宝姐姐讲故事给你听，说到"月亮姐姐挂下一只篮来，宝姐姐坐在篮里吊了上去，瞻瞻在下面看"的时候，你何等激昂地同她争，说"瞻瞻要上去，宝姐姐在下面看！"甚至哭到漫姑①面前去求审判。我每次剃了头，你真心地疑我变了和尚，好几时不要我抱。最是今年夏天，你坐在我膝上发见了我腋下的长毛，当作黄鼠狼的时候，你何等伤心，你立刻从我身上爬下去，起初眼瞪瞪地对我端相，继而大失所望地号哭，看看，哭哭，如同对被判定了死罪的亲友一样。你要我抱你到车站里去，多多益善地要买香蕉，满满地擒了两手回来，回到门口时你已经熟睡在我的肩上，手里的香蕉不知落在哪里去了。这是何

---

① 漫姑，即作者的三姐丰满。

等可佩服的真率、自然,与热情!大人间的所谓"沉默""含蓄""深刻"的美德,比起你来,全是不自然的,病的,伪的!

你们每天做火车,做汽车,办酒,请菩萨,堆六面画,唱歌,全是自动的,创造创作的生活。大人们的呼号"归自然!""生活的艺术化!""劳动的艺术化!"在你们面前真是出丑得很了!依样画几笔画,写几篇文的人称为艺术家,创作家,对你们更要愧死!

你们的创作力,比大人真是强盛得多哩:瞻瞻!你的身体不及椅子的一半,却常常要搬动它,与它一同翻倒在地上;你又要把一杯茶横转来藏在抽斗里,要皮球停在壁上,要拉住火车的尾巴,要月亮出来,要天停止下雨。在这等小小的事件中,明明表示着你们的小弱的体力与智力不足以应付强盛的创作欲、表现欲的驱使,因而遭逢失败。然而你们是不受大自然的支配,不受人类社会的束缚的创造者,所以你的遭逢失败,例如火车尾巴拉不住,月亮呼不出来的时候,

"要!"

你们决不承认是事实的不可能，总以为是爹爹妈妈不肯帮你们办到，同不许你们弄自鸣钟同例，所以愤愤地哭了，你们的世界何等广大！

你们一定想：终天无聊地伏在案上弄笔的爸爸，终天闷闷地坐在窗下弄引线的妈妈，是何等无气性的奇怪的动物！你们所视为奇怪动物的我与你们的母亲，有时确实难为了你们，摧残了你们，回想起来，真是不安心得很！

阿宝！有一晚你拿软软的新鞋子，和自己脚上脱下来的鞋子，给凳子的脚穿了，划袜立在地上，得意地叫"阿宝两只脚，凳子四只脚"的时候，你母亲喊着"龌龊了袜子！"立刻擒你到藤榻上，动手毁坏你的创作。当你蹲在榻上注视你母亲动手毁坏的时候，你的小心里一定感到"母亲这种人，何等杀风景而野蛮"吧！

瞻瞻！有一天开明书店送了几册新出版的毛边的《音乐入门》来。我用小刀把书页一张一张地裁开来，你侧着头，站在桌边默默地看。后来我从学校回来，你已经在我的书架上拿了一本连史纸印的中国装的《楚辞》，把它裁破了十几页，得意地对我说："爸爸！瞻瞻也会裁了！"瞻瞻！这在你原是何等成功的欢喜，何等得意的作品！却被我一个惊骇的"哼！"字喊得你哭了。那时候你也一定抱怨"爸爸何等不明"吧！

软软！你常常要弄我的长锋羊毫，我看见了总是无情地夺脱你。现在你一定轻视我，想道："你终于要我画你的画集的封面！"①

最不安心的，是有时我还要拉一个你们所最怕的陆露沙医生来。教他用他的大手来摸你们的肚子，甚至用刀来在你们臂上割几下，还要教妈妈和漫姑擒住了你们的手脚，捏住了你们的鼻子，把很苦的水灌到你们的嘴里去。这在你们一定认为太无人道的野蛮举动吧！

孩子们！你们真果抱怨我，我倒欢喜；到你们的

---

① 《子恺画集》的封面画是软软所作。

抱怨变为感谢的时候，我的悲哀来了！

我在世间，永没有逢到像你们样出肺肝相示的人。世间的人群结合，永没有像你们样的彻底地真实而纯洁。最是我到上海去干了无聊的所谓"事"回来，或者去同不相干的人们做了叫做"上课"的一种把戏回来，你们在门口或车站旁等我的时候，我心中何等惭愧又欢喜！惭愧我为什么去做这等无聊的事，欢喜我又得暂时放怀一切地加入你们的真生活的团体。

但是，你们的黄金时代有限，现实终于要暴露的。这是我经验过来的情形，也是大人们谁也经验过的情形。我眼看见儿时的伴侣中的英雄、好汉，一个个退缩，顺从，妥协，屈服起来，到像绵羊的地步。我自己也是如此。"后之视今，亦犹今之视昔"，你们不久也要走这条路呢！

我的孩子们！憧憬于你们的生活的我，痴心要为你们永远挽留这黄金时代在这册子里。然这真不过像"蜘蛛网落花"略微保留一点春的痕迹而已。且到你们懂得我这片心情的时候，你们早已不是这样的人，我的画在世间已无可印证了！这是何等可悲哀的事啊！

*《子恺画集》代序，一九二六年耶诞节作*①

---

① 作为《子恺画集》代序，本篇篇末所署为：1926年耶稣降诞节，病起，作于炉边。

作父亲①

楼窗下的弄里远地传来一片声音:"咿哟,咿哟……"渐近渐响起来。

一个孩子从算草簿中抬起头来,张大眼睛倾听一会,"小鸡!小鸡!"叫了起来。四个孩子同时放弃手中的笔,飞奔下楼,好像路上的一群麻雀听见了行人的脚步声而飞去一般。

我刚才扶起他们所带倒的凳子,抬起桌子上滚下去的铅笔,听见大门口一片呐喊:"买小鸡!买小鸡!"其中又混着哭声。连忙下楼一看,原来元草因为落伍而狂奔,在庭中跌了一交,跌痛了膝盖骨不能

---

① 本篇原载1933年7月1日《文学》杂志第1卷第1号。

再跑,恐怕小鸡被哥哥、姐姐们买完了轮不着他,所以激烈地哭着。我扶了他走出大门口,看见一群孩子正向一个挑着一担"咿哟,咿哟"的人招呼,欢迎他走近来。元草立刻离开我,上前去加入团体,且跳且喊:"买小鸡!买小鸡!"泪珠跟了他的一跳一跳而从脸上滴到地上。

孩子们见我出来,大家回转身来包围了我。"买小鸡!买小鸡!"的喊声由命令的语气变成了请愿的语气,喊得比前更响了。他们仿佛想把这些音蓄入我的身体中,希望它们由我的口上开出来。独有元草直接拉住了担子的绳而狂喊。

我全无养小鸡的兴趣;而且想起了以后的种种麻烦,觉得可怕。但乡居寂寥,绝对屏除外来的诱惑而强迫一群孩子在看惯的几间屋子里隐居这一个星期日,似也有些残忍。且让这个"咿哟、咿哟"来打破门庭的岑寂,当作长闲的春昼的一种点缀吧。我就招呼挑担的,叫他把小鸡给我们看看。

他停下担子,揭开前面的一笼。"咿哟,咿哟"的声音忽然放大。但见一个细网的下面，蠕动着无数可爱的小鸡，好像许多活的雪球。五六个孩子蹲集在笼子的四周，一齐倾情地叫着"好来！好来"！一瞬间我的心也屏绝了思虑而没入在这些小动物的姿态的美中，体会了孩子们对小鸡的热爱的心情。许多小手伸入笼中，竟指一只纯白的小鸡，有的几乎要隔网捉住它。挑担的忙把盖子无情地冒上，许多"咿哟，咿哟"的雪球和一群"好来，好来"的孩子就变成了咫尺天涯。孩子们怅望笼子的盖，依附在我的身边，有的伸手摸我的袋。我就向挑担的人说话：

"小鸡卖几钱一只？"

"一块洋钱四只。"

"这样小的，要卖二角半钱一只？可以便宜些否？"

"便宜勿得，二角半钱最少了。"

他说过，挑起担子就走。大的孩子脉脉含情地目送他，小的孩子拉住了我的衣襟而连叫"要买！要买"！挑担的越走得快，他们喊得越响。我摇手止住

孩子们的喊声,再向挑担的问:

"一角半钱一只卖不卖? 给你六角钱买四只吧!"

"没有还价!"

他并不停步,但略微旋转头来说了这一句话,就赶紧向前面跑。"咿哟,咿哟"的声音渐渐地远起来了。

元草的喊声就变成哭声。大的孩子锁着眉头不绝地探望挑担者的背影,又注视我的脸色。我用手掩住了元草的口,再向挑担人远远地招呼:

"二角大洋一只,卖了吧!"

"没有还价!"

他说过便昂然地向前进行,悠长地叫出一声"卖 —— 小 —— 鸡 ——!"其背影便在弄口的转角上消失了。我这里只留着一个号啕大哭的孩子。

对门的大嫂子曾经从矮门上探头出来看过小鸡,这时候就拿着针线走出来,倚在门上,笑着劝慰哭的孩子,她说:

"不要哭! 等一会儿还有担子挑来,我来叫你呢!"她又笑着向我说:

"这个卖小鸡的想做好生意。他看见小孩子哭着要买,越是不肯让价了。昨天坍墙圈里买的一角洋钱一只,比刚才的还大一半呢!"

我同她略谈了几句,硬拉了哭着的孩子回进门来。别的孩子也懒洋洋地跟了进来。我原想为长闲的春昼找些点缀而走出门口来的,不料讨个没趣,扶了一个哭着的孩子而回进来。庭中柳树正在骀荡的春光中摇曳柔条,堂前的燕子正在安稳的新巢上低徊软语。我们这个刁巧的挑担者和痛哭的孩子,在这一片和平美丽的春景中很不调和啊!

关上大门,我一面为元草揩拭眼泪,一面对孩子们说:

"你们大家说'好来,好来','要买,要买',那人就不肯让价了!"

小的孩子听不懂我的话,继续抽噎着;大的孩子听了我的话若有所思。我继续抚慰他们:

"我们等一会儿再来买吧,隔壁大妈会喊我们的。但你们下次……"

二部合唱

我不说下去了。因为下面的话是"看见好的嘴上不可说好,想要的嘴上不可说要"。倘再进一步,就变成"看见好的嘴上应该说不好,想要的嘴上应该说不要"了。在这一片天真烂漫光明正大的春景中,向哪里容藏这样教导孩子的一个父亲呢?

廿二〔1933〕年五月二十日

儿 戏①

楼下忽然起了一片孩子们暴动的声音。他们的娘高声喊着:"两只雄鸡又在斗了,爸爸快来劝解!"我不及放下手中的报纸,连忙跑下楼来。

原来是两个男孩在打架:六岁的元草要夺九岁的华瞻的木片头,华瞻不给,元草哭着用手打他的胸;华瞻也哭着,双手擎起木片头,用脚踢元草的腿。

我放下报纸,把身体插入两孩子的中间,用两臂分别抱住了两孩子,对他们说:"不许打!为的啥事体?大家讲!"元草竭力想摆脱我的臂而向对方进攻,一面带哭带嚷地说道:"他不肯给我木片头!他

---

① 本篇原载1933年3月27日《申报》。

不肯给我木片头！"似乎这就是他打人的正当的理由。华瞻究竟比他大了三岁，最初静伏在我的臂弯里，表示不抵抗而听我调解，后来吃着口声辩："这些木片头原是我的！他要夺，我不给，他就打我！"元草用哭声接着说："他踢我！"华瞻改用直接交涉，对着他说："你先打！"在旁作壁上观的宝姐姐发表意见："轻记还重记，先打吭道理！"背后另一人又发表一种舆论："君子开口，小人动手！"我未及下评判，元草已猛力退出我的手臂，突然向对方袭击。他们的娘看我排解无效，赶过来将元草擒去，抱在怀里，用甘言骗住他。我也把华瞻抱在怀里，用话抚慰他。两孩子分别占据了两亲的怀里，暴动方始告终。这时候"五香……豆腐干"的叫声在后门外亲切地响着，把脸上挂着眼泪的两孩子一齐从我们的怀里叫了出去。我拿了报纸重回楼上去的时候，已听到他们复交后的笑谈声了。

但我到了楼上，并不继续看报。因为我看刚才的事件，觉得比看报上的国际纷争直截明了得多。我想：世间人与人的对待，小的是个人对个人，大的是团体

战争的起源

对团体。个人对待中最小的是小孩对小孩,团体对待中最大的是国家对国家。在文明的世间,除了最小的和最大的两极端而外,人对人的交涉,总是用口的说话来讲理,而不用身体的武力来相打的。例如要掠夺,也必用巧妙的手段;要侵占,也必立巧妙的名义:所谓"攻击"也只是辩论,所谓"打倒"也只是叫喊。故人对人虽怀怨害之心,相见还是点头握手,敷衍应酬。虽然也有用武力的人,但"君子开口,小人动手",开化的世间是不通行用武力的。其中唯有最小的和最大的两极端不然:小孩对小孩的交涉,可以不讲理,而通行用武力来相打;国家对国家的交涉,也可以不讲理,而通行用武力来战争。战争就是大规模的相打。可知凡物相反对的两极端相通似,或相等。国际的事如儿戏,或等于儿戏。

一九三二年①

① 本文篇末原未署日期。这里所署的日期是建国后作者自编的《缘缘堂随笔》(人民文学出版社1957年11月初版)中篇末所署。但在编者保存的《随笔二十篇》一书中,此文的末尾作者自己用毛笔填上的写作时间为廿二〔1933〕年。

旧地①重游

旧地重游,以前所惯识的各种景物争把过去的事情告诉我,使我耳目不暇应接,心情不胜感慨。我素不喜重游旧居之地,便是为此。但到了不得已的时候,也只得硬着头皮,带着赴难似的心情去重游。前天又为了不得已之故,重到旧地。诗人在这当儿一定可以吟几句。我也想学学看,但觉心绪缭乱,气结不能言,遑论做诗?只是那迎人的柳树使我忆起了从前在不知什么书上读过的一首古人诗:"此地曾居住,今来宛如归。可怜汾上柳,相见也依依。"

这二十个字在我心中通过,心绪似被整理,气也

---

① 旧地,指嘉兴。

通畅得多了。

次日上午，朋友领我到了旧时所惯到的茶楼上，坐在旧时所惯坐的藤椅里。便有旧时惯见的茶伙计的红肿似的手臂，拿了旧时所惯用的茶具来，给我们倒茶。这里是楼上的内室。室中只设五桌座位，他们称之为"雅座"。茶钱比他处贵，外室和楼上每壶十一个铜元，这里要十六个铜元。因这原故，雅座常很清静。外室和楼下充满了紫铜色的脸，翡翠色的脸，和愤恨不平的话声时，你只要走上扶梯，钻进一个环门，就有闲静的明窗净几。有时空无一人，专等你来享用；有时窗下墙角疏朗朗地点缀着几个小白脸，金牙齿，或仁丹须，静静地在那里咬瓜子，或者摆腿。这好比超过了红尘而登入仙境，五个铜板的法力大矣哉。以前我住在此地的时候，每次到这茶楼，未尝不这样赞叹。这回久别重到，适值外室和楼下极闹而雅座为我们独占，便见脸盆大的五个铜板出现在我的眼前了。我们替茶店打算，这里虽然茶钱贵了五个铜板，但是比较起外面来，座位疏，设备贵，顾客少。照外面的密接的布置，这块地方有十桌可摆，这里只摆五桌。外面用圆凳，这里用藤椅子。外面座客常满，这里空的时候多。三路的损失决不止五个铜板。这雅座显然是蚀本生意。这样想来，我们和小白脸，金牙齿，仁丹须的清福，全是那紫铜色的脸，翡翠色的脸和愤恨不平的话声所惠赐的。

我注视桌面，温习那旧时所看熟的木纹的模样。那红肿似的手臂又提了茶罐出现在我的眼前。手臂上面有一张笑口正在对我说话。

"老先生，长久不到了。近来出门？"

"嘿嘿，长久不到了，我已经搬走，今天是来作客的。"

"啊，搬走了！怪不得老客人长久不到了。"

"这房间都是老客人吗？"

"嗳，总是这几位先生。难得有生客。"

"我看这里空的时候多，你们怎么开销？"

"嗳，生意是全靠外面的，不过长衫班的先生请过来，这里座位清爽些。哈哈！"

他一面笑，一面把雪白的热手巾分送给我们，并加说明：

"这毛巾都是新的,旧的都放在外面用。"

啊,他还记忆着我旧时的习惯。我以前不欢喜和别人共用毛巾。这习惯的由来,最初是一种特殊的癖,后来是怕染别人的病,又后来是因为自己患沙眼,怕把这"亡国之病"传给别人。所以出门的时候,严格地拒绝热手巾。这茶伙计的热手巾也曾被我拒绝过。我不到这茶楼已将两年了,他还记忆着我的习惯。在这点上他可说是我的知己。其实,近来我这习惯,已经移改。因为我觉得严防传染病近于迷信,又觉得严防"亡国之病"未必可以保国,这特殊的癖就渐渐消除。况且我这知己用了这般殷勤体贴的态度而把雪白的热手巾送到我手里,却之不恭。我便欣然地接受而享用了。雪白,火热的一团花露水香气扑上我的面孔,颇觉快适。但回味他的说话,心中又起一种不快之感,这些清静的座位,雪白的毛巾,原来是茶店老板特备给当地的绅士先生们享用的。像我,一个过路的旅客,不过穿件长衫,今天也来掠夺他们的特权,而使外面的人们用我所用旧的毛巾,实在不应该;同时我也不愿意。但这茶伙计已经知道我是过路的客人。他只为了过去的旧谊而浪费这种殷勤，我对于他这点纯洁的人情是应该恭敬地领谢的。

我送还他毛巾的时候说了一声"谢谢你"！但这三个字在这环境之下用得很不适当。那人惊异地向我一看。然后提了茶罐和毛巾走出环门去。他的背影的姿态突然使我回复了两年前的心情。似觉这两年间的生活是做一个梦，并未过去。

归家的火车十二点钟开。我在十一点半辞别了我的朋友而先下茶楼。走过通达我的旧寓的小路口，望见里面几株杨柳正在向我点头。似乎在告诉我："一架图书和一群孩子在这柳阴深处的老屋里等你归去呢！"我的脚几乎顺顺地跨进了小路，终于踏上马路向车站这方面去了。

廿二〔1933〕年五月七日①

---

① 在建国后作者自编的《缘缘堂随笔》（人民文学出版社1957年11月初版）中，将本篇写作时间误署为：1934年春。

内设雅座

两场闹

一日我因某事独自至某地。当日赶不上归家的火车，傍晚走进某地的某旅馆投宿了。事体已经赶毕；当地并无亲友可访，无须出门；夜饭已备有六只大香蕉在提篮内，不必外求。但天色未暗，吃香蕉嫌早，我觉旅况孤寂，这一刻工夫有些难消遣了。室中陈列着崭新的铁床，华丽的镜台，清静的桌椅。但它们都板着脸孔不理睬我，好像待车室里的旅客似的各管各坐着，只有我携来的那只小提篮亲近我，似乎在对我说，"我是属于你的！"

打开提篮，一册袖珍本的《绝妙好词》躺在那里等我。我把它取出，再把被头叠置枕上，当作沙发椅子靠了，且从这古式的收音器中倾听古人的播音。

忽闻窗外的街道上起了一片吵闹之声。我不由地抛却我的书，离开我的沙发，倒屣往窗前探看。对门是一个菜馆，我凭在窗上望下去，正看见菜馆的门口，四辆人力车作带模样停在门口的路旁，四个人力车夫的汗湿的背脊，花形地环列在门口的阶沿石下，和站在阶沿石上的四个人的四顶草帽相对峙。中央的一个背脊伸出着一只手，努力要把手中的一支钱交还一顶草帽，反复地在那里叫：

"这一点钱怎么行？拉了这许多路！"

草帽下也伸出一只手来，跟了说话的语气而指挥：

"讲到廿板①一部，四部车子，给你二角②三十板，还有啥话头？"

他的话没有说完，对方四个背脊激动起来，参参差差地嚷着：

"兜大圈子到这里，我们多两里路啦；这一点钱哪

---

① 讲到，意即讲定；廿板，即二十个铜板。
② 二角，系指二角小洋，当时除"法币"以外有一种二角银币，称为二角小洋，合铜板50枚（"法币"二角为二角大洋，合铜板60枚）。

里行！"

另一顶草帽下面伸出一只手来，点着人力车夫的头，谆谆地开导：

"不是我们要你多跑路！修街路你应该知道，你吃什么饭的？"

"这不来①，这不来！"

人力车夫口中讲不出理，心中着急，嚷着把盛钱的手向四顶草帽底下乱送，想在他们身上找一处突出的地方交卸了这一支不足的车钱。但四顶草帽反背着手，渐渐向门内退却，使他无法措置。我在上面代替人力车夫着急，心想草帽的边上不是颇可置物的地方吗，可惜人力车夫的手腕没有这样高。

正难下场的时候，另一个汗湿的背脊上伸出一个长头颈来，换了一种语调，帮他的同伴说话：

"先生！一角钱一部总要给我们的！这铜板换了两角钱吧！先生，几个铜板不在乎的！"

---

③ 这不来，意即这不行。

同时他从同伴的手中取出铜板来擎起在一顶草帽前面，恳求他交换。这时三顶草帽已经不见，被包围的一顶草帽伸手在袋中摸索，冷笑着说：

"讨厌得来！喏，喏，每人加两板！"

他摸出铜板，四个背脊同时退开，大家不肯接受，又同声地嚷起来。那草帽乘机跨进门槛，把八个铜板放在柜角上，指着了厉声说：

"喏，要末来拿去，勿要末歇①，勿识相的！"

一件雪白的长衫飞上楼梯，不见了。门外四个背脊咕噜咕噜了一回，其中一个没精打采地去取了柜角上的铜板，大家懒洋洋地离开店门。咕噜咕噜的声音还是继续着。

我看完了这一场闹，离开窗栏，始觉窗内的电灯已放光了。我把我的沙发移在近电灯的一头，取出提篮里的香蕉，用《绝妙好词》佐膳而享用我的晚餐。窗子没有关，对面菜馆的楼上也有人在那里用晚餐，

---

① 歇，意即算了，拉倒。"勿要末歇"，即"不要就拉倒"的意思。

常有笑声和杯盘声送入我的耳中。我们隔着一条街路而各用各的晚餐。

约一小时之后,窗外又起一片吵闹之声。我心想又来什么花头了,又立刻抛却我的书,离开我的沙发,倒屣往窗前探看。这回在楼上闹。离开我一二丈之处,菜馆楼上一个精小的餐室内,闪亮的电灯底下摆着一桌杯盘狼藉的残菜。桌旁有四个男子,背向着我,正在一个青衣人面前纠纷。我从声音中认知他们就是一小时前在下面和人力车夫闹过一场的四个角色。但见一个瘦长子正在摆开步位,用一手擒住一个矮胖子的肩,一手拦阻一个穿背心的人的胸,用下颚指点门口,向青衣人连叫着:"你去,你去!"被擒的矮胖子一手摸在袋里,竭力挣扎而扑向青衣人的方面去,口中发出一片杀猪似的声音,只听见"不行,不行"。穿背心的人竭力地伸长了的手臂,想把手中的两张钞票递给青衣人,口中连叫着"这里,这里"。好像火车到时车站栅门外拿着招待券接客的旅馆招待员。

在这三人的后方，最近我处，还有一个生仁丹须①的人，把右手摸在衣袋中，冷静地在那里叫喊"我给他，我给他"！青衣人面向着我，他手中托着几块银洋，用笑脸看看这个，看看那个，立着不动。

穿背心的终于摆脱了瘦长子的手，上前去把钞票塞在青衣人的手中，而取回银洋交还瘦长子。瘦长子一退避，放走了矮胖子。这时候青衣人已将走出门去，矮胖子厉声喝止："喂喂，堂官，他是客人！"便用自己袋里摸出来的钞票向他交换。穿背心的顾东失西，急忙将瘦长子按倒在椅子里，回身转来阻止矮胖子的行动。三个人扭做一堆，作出嘈杂的声音。忽然听见青衣人带笑的喊声："票子撕破了！"大家方才住手。瘦长子从椅子里立起身。楼板上丁丁当当地响起来。原来穿背心的暗把银洋塞在他的椅子角上，他起身时用衣角把它们如数撒翻在楼板上了。于是有的捡拾银洋，有的察看破钞票。场中忽然换了一个调子。一会

---

① 指当时仁丹包封上所画人像的八字胡须。

儿严肃的静默，一会儿造作的笑声。不久大家围着一桌残菜就座，青衣人早已悄悄地出门去了。我最初不知道他拿去是谁的钱，但不久就在他们的声音笑貌中看出，这晚餐是矮胖子的东道。

背后有人叫唤。我旋转身来，看见茶房在问我："先生，夜饭怎样？"我仓皇地答道："我，我吃过了。"他看床前椅子上的一堆香蕉皮，出去了。我不待对面的剧的团圆，便关窗，就寝了。

卧后清宵，回想今晚所见的两场闹，第一场是争进八个铜板，第二场是争出几块银洋。人力车夫的咕噜咕噜的声音，和菜馆楼上的杀猪似的声音，在我的回想中对比地响着，直到我睡去。

廿三〔1934〕年五月十二日

今天我的东道!

梦 痕①

我的左额上有一条同眉毛一般长短的疤。这是我儿时游戏中在门槛上跌破了头颅而结成的。相面先生说这是破相,这是缺陷。但我自己美其名曰"梦痕"。因为这是我的梦一般的儿童时代所遗留下来的唯一的痕迹。由这痕迹可以探寻我的儿童时代的美丽的梦。

我四五岁时,有一天,我家为了"打送"(吾乡风俗,亲戚家的孩子第一次上门来作客,辞去时,主人家必做几盘包子送他,名曰"打送")某家的小客人,

---

① 本篇原载1934年7月20日《人间世》第8期。当时题名为《疤》。收入《随笔二十篇》时,改名《梦痕》。后由作者稍加删节,改名《黄金时代》,又收入作者自编的《率真集》(上海万叶书店1946年10月初版)。

母亲、姑母、婶母和诸姐们都在做米粉包子。厅屋的中间放一只大匾，匾的中央放一只大盘，盘内盛着一大堆粘土一般的米粉，和一大碗做馅用的甜甜的豆沙。母亲们大家围坐在大匾的四周。各人卷起衣袖，向盘内摘取一块米粉来，捏做一只碗的形状；挟取一筷豆沙来藏在这碗内；然后把碗口收拢来，做成一个圆子。再用手法把圆子捏成三角形，扭出三条绞丝花纹的脊梁来；最后在脊梁凑合的中心点上打一个红色的"寿"字印子，包子便做成。一圈一圈地陈列在大匾内，样子很是好看。大家一边做，一边兴高采烈地说笑。有时说谁的做得太小，谁的做得太大；有时盛称姑母的做得太玲珑，有时笑指母亲的做得像个饼。笑语之声，充满一堂。这是年中难得的全家欢笑的日子。而在我，做孩子们的，在这种日子更有无上的欢乐；在准备做包子时，我得先吃一碗甜甜的豆沙。做的时候，我只要吵闹一下子，母亲们会另做一只小包子来给我当场就吃。新鲜的米粉和新鲜的豆沙，热热地做出来就吃，味道是好不过的。我往往吃一只不够，再吵闹一下子就得吃第二只。倘然吃第二只还不够，我可嚷着要替她们打寿字印子。这印子是不容易打的：蘸的水太多了，打出来一塌糊涂，看不出寿字；蘸的水太少了，打出来又不清楚；况且位置要摆得正，歪了就难看；打坏了又不能揩抹涂改。所以我嚷着要打印子，是母亲们所最怕的事。她们便会和我商量，把做圆子收口时摘下来的一小粒米粉给我，叫我"自己做来自己吃"。这正是我所盼望的主目的！开了这个例之后，各人做圆子收口时摘下来的米粉，就都得照例归我所有。再不够时还得要求向大盘中扭一把米粉来，自由捏造各种粘土手工：捏一个人，团拢了，改捏一个狗；再团拢了，再改捏一只水烟管……捏到手上的龌龊都混入其中，而雪白的米粉变成了灰色的时候，我再向她们要一朵豆沙来，裹成各种三不像的东西，吃下肚子里去。这一天因为我吵得特别厉害些，姑母做了两只小巧玲珑的包子给我吃，母亲又外加摘一团米粉给我玩。为求自由，我不在那场上吃弄，拿了到店堂里，和五哥哥一同玩弄。五哥哥者，后来我知道是我们店里的学徒,但在当时我只知道他是我儿时的最亲爱的伴侣。他的年纪比我长,智力比我高,胆量比我大,他常做出种种我所意想不到的玩意儿来,使得我惊奇。这一天我把包子和米粉拿出去同他共玩,他就寻出几个印泥菩萨的小形的红泥印子来,教我印米粉菩萨。

后来我们争执起来,他拿了他的米粉菩萨逃,我就拿了我的米粉菩萨追。追到排门旁边,我跌了一交,额骨磕在排门槛上,磕了眼睛大小的一个洞,便晕迷不省。等到知觉的时候,我已被抱在母亲手里,外科郎中蔡德本先生,正在用布条向我的头上重重叠叠地包裹。

自从我跌伤以后,五哥哥每天乘店里空闲的时候到楼上来省问我。来时必然偷偷地从衣袖里摸出些我所爱玩的东西来 —— 例如关在自来火匣子里的几只叩头虫,洋皮纸人头,老菱壳做成的小脚,顺治铜钿[①]磨

[①] 顺治铜钿,指清朝顺治年间铸造的圆形方孔铜币。

成的小刀等 —— 送给我玩，直到我额上结成这个疤。

讲起我额上的疤的来由，我的回想中印象最清楚的人物，莫如五哥哥。而五哥哥的种种可惊可喜的行状，与我的儿童时代的欢乐，也便跟了这回想而历历地浮出到眼前来。

他的行为的顽皮，我现在想起了还觉吃惊。但这种行为对于当时的我，有莫大的吸引力，使我时时刻刻追随他，自愿地做他的从者。他用手捉住一条大蜈蚣，摘去了它的有毒的钩爪，而藏在衣袖里，走到各处，随时拿出来吓人。我跟了他走，欣赏他的把戏。他有时偷偷地把这条蜈蚣放在别人的瓜皮帽子上，让它沿着那人的额骨爬下去，吓得那人直跳起来。有时怀着这条蜈蚣去登坑，等候邻席的登坑者正在拉粪的时候，把蜈蚣丢在他的裤子上，使得那人扭着裤子乱跳，累了满身的粪。又有时当众人面前他偷把这条蜈蚣放在自己的额上，假装被咬的样子而号啕大哭起来，使得满座的人惊惶失措，七手八脚地为他营救。正在危急存亡的时候，他伸起手来收拾了这条蜈蚣，忽然破涕为笑，一缕烟逃走了。后来这套戏法渐渐做穿，有的人**警告**他说，若是再拿出蜈蚣来，要打头颈拳①了。于是他换出别种花头来：他躲在门口，等候警告打头颈拳的人将走出门，突然大叫一声，倒身在门槛边的地上，乱滚乱撞，哭着嚷着，说是践踏了一条臂膀粗的大蛇，但蛇是已经钻进榻底下去了。走出门来的人被他这一吓，实在魂飞魄散；但见他的受难比他更深，也无可奈何他，只怪自己的运气不好。他看见一群人蹲在岸边钓鱼，便参加进去，和蹲着的人闲谈。同时偷偷地把其中相接近的两人的辫子梢头结住了，自己就走开，躲到远处去作壁上观。被结住的两人中若有一人起身欲去，滑稽剧就演出来给他看了。诸如此类的恶戏，不胜枚举。

现在回想他这种玩耍，实在近于为虐的戏谑。但当时他热心地创作，而热心地欣赏的孩子，也不止我一个。世间的严正的教育者！请稍稍原谅他的顽

---

① 打头颈拳，作者家乡话，意即打耳光。

皮！我们的儿时，在私塾里偷偷地玩了一个折纸手工，是要遭先生用铜笔套管在额骨上猛钉几下，外加在至圣先师孔子之神位面前跪一支香的！

况且我们的五哥哥也曾用他的智力和技术来发明种种富有趣味的玩意，我现在想起了还可以神往。暮春的时候，他领我到田野去偷新蚕豆。把嫩的生吃了，而用老的来做"蚕豆水龙"。其做法，用煤头纸火把老蚕豆荚熏得半熟，剪去其下端，用手一捏，荚里的两粒豆就从下端滑出，再将荚的顶端稍稍剪去一点，使成一个小孔。然后把豆荚放在水里，待它装满了水，以一手的指捏住其下端而取出来，再以另一手的指用力压榨豆荚，一条细长的水带便从豆荚的顶端的小孔内射出。制法精巧的，射水可达一二丈之远。他又教我"豆梗笛"的做法：摘取豌豆的嫩梗长约寸许，以一端塞入口中轻轻咬嚼，吹时便发喈喈之音。再摘取蚕豆梗的下段，长约四五寸，用指爪在梗上均匀地开几个洞，作成笛的样子。然后把豌豆梗插入这笛的一端，用两手的指随意启闭各洞而吹奏起来，其音宛如无腔之短笛。他又教我用洋蜡烛的油作种种的浇造和塑造。用芋艿或番薯镌刻种种的印版，大类现今的木版画。……诸如此类的玩意，亦复不胜枚举。

　　现在我对这些儿时的乐事久已缘远了。但在说起我额上的疤的来由时，还能热烈地回忆神情活跃的五哥哥和这种兴致蓬勃的玩意儿。谁言我左额上的疤痕是缺陷？这是我的儿时欢乐的左证，我的黄金时代的遗迹。过去的事，一切都同梦幻一般地消灭，没有痕迹留存了。只有这个疤，好像是"脊杖二十，刺配军州"时打在脸上的金印，永久地明显地录着过去的事实，一说起就可使我历历地回忆前尘。仿佛我是在儿童世界的本贯地方犯了罪，被刺配到这成人社会的"远恶军州"来的。这无期的流刑虽然使我永无还乡之望，但凭这脸上的金印，还可回溯往昔，追寻故乡的美丽的梦啊！

一九三四年六月七日

扫帚拖来当马骑

红烛高香供月华

两个"？"

我从幼小时候就隐约地看见两个"？"。但我到了三十岁上方才明确地看见它们。现在我把看见的情况写些出来。

第一个"？"叫做"空间"。我孩提时跟着我的父母住在故乡石门湾的一间老屋里，以为老屋是一个独立的天地。老屋的壁的外面是什么东西，我全不想起。有一天，邻家的孩子从壁缝间塞进一根鸡毛来，我吓了一跳；同时，悟到了屋的构造，知道屋的外面还有屋，空间的观念渐渐明白了。我稍长，店里的伙计抱了我步行到离家二十里的石门①城里的姑母家去，我

---

① 石门，原名崇德县，一度改为石门县。1958年并入桐乡县，改名崇福镇。后来桐乡改为县级市，石门镇和崇福镇归属桐乡市。

在路上看见屋宇毗连,想象这些屋与屋之间都有壁,壁间都可塞过鸡毛。经过了很长的桑地和田野之后,进城来又是毗连的屋宇,地方似乎是没有穷尽的。从前我把老屋的壁当作天地的尽头,现在知道不然。我指着城外问大人们:"再过去还有地方吗?"大人们回答我说:"有嘉兴、苏州、上海;有高山,有大海,还有外国。你大起来都可去玩。"一个粗大的"?"隐约地出现在我的眼前。回家以后,早晨醒来,躺在床上驰想:床的里面是帐,除去了帐是壁,除去了壁是邻家的屋,除去了邻家的屋又是屋,除完了屋是空地,空地完了又是城市的屋,或者是山是海,除去了山,渡过了海,一定还有地方……空间到什么地方为止呢?我把这疑问质问大姐。大姐回答我说:"到天边上为止。"她说天像一只极大的碗覆在地面上。天边上是地的尽头,这话我当时还听得懂;但天边的外面又是什么地方呢?大姐说:"不可知了。"很大的"?"又出现在我的眼前,但须臾就隐去。我且吃我的糖果,玩我的游戏吧。

我进了小学校，先生教给我地球的知识。从前的疑问到这时候豁地解决了。原来地是一个球。那么，我躺在床上一直向里床方面驰想过去，结果是绕了地球一匝而仍旧回到我的床前。这是何等新奇而痛快的解决！我回家来欣然地把这新闻告诉大姐。大姐说："球的外面是什么呢？"我说："是空。""空到什么地方为止呢？"我茫然了。我再到学校去问先生，先生说："不可知了。"很大的"？"又出现在我的眼前，但也不久就隐去。我且读我的英文，做我的算术吧。

我进师范学校，先生教我天文。我怀着热烈的兴味而听讲，希望对小学时代的疑问，再得一个新奇而痛快的解决。但终于失望。先生说："天文书上所说的只是人力所能发见的星球。"又说："宇宙是无穷大的。"无穷大的状态，我不能想象。我仍是常常驰想，这回我不再躺在床上向横方驰想，而是仰首向天上驰想；向这苍苍者中一直上去，有没有止境？有的么，其处的状态如何？没有的么，使我不能想象。我眼前的"？"比前愈加粗大，愈加迫近，夜深人静的时候，我屡屡为了它而失眠。我心中愤慨地想：我身所处的空间的状态都不明白，我不能安心做人！世人对于这个切身而重大的问题，为什么都不说起？以后我遇见人，就向他们提出这疑问。他们或者说不可知，或一笑置之，而谈别的世事了。我愤慨地反抗："朋友，这个问题比你所谈的世事重大得多，切身得多！你为什么不理？"听到这话的人都笑了。他们的笑声中似乎在说："你有神经病了。"我不好再问，只得让那粗大的"？"照旧挂在我的眼前。

第二个"？"叫做"时间"。我孩提时关于时间只有昼夜的观念。月、季、年、世等观念是没有的。我只知道天一明一暗，人一起一睡，叫做一天。我的生活全部沉浸在"时间"的急流中，跟了它流下去，没有抬起头来望望这急流的前后的光景的能力。有一次新年里，大人们问我几岁，我说六岁。母亲教我："你还说六岁？今年你是七岁了，已经过了年了。"我记得这样的事以前似曾有过一次。母亲教我说六岁时也是这样教的。但相隔久远，记忆模糊不清了。我方才知道这样时间的间隔叫做一年，人活过一年增加一岁。那时我正在父亲的私塾里读完《千字文》，有一晚，我到我们的染坊店里去玩，看见帐桌上放着一册帐簿，簿面上写着"菜字元集"这四字。我问管帐先生，这是什么意思？他回答我说："这是用你所读的《千字文》上的字来记年代的。这店是你们祖父手里开张的。开张的那一年所用的第一册帐簿，叫做'天字元集'，第二年的叫做'地字元集'，天地玄黄，宇宙洪荒……每年用一个字。用到今年正是'菜重芥姜'的'菜'字。"因为这事与我所读的书有关连，我听了很有兴味。他笑着摸摸他的白胡须，继续说道："明年'重'字，后年'芥'字，我们一直开下去，开到'焉哉乎也'的'也'字，大家发财！"我口快地接着说："那时你已经死了！我也死了！"他用手掩住我的口道："话勿得！话勿得！大家长生不老！大家发财！"我被他弄得莫名其妙，不敢再说下去了。但从这时候起，我不复全身沉浸在"时间"的急流中跟它飘流。我开始在这急流中抬起头来，回顾后面，眺望前面，想看看

"时间"这东西的状态。我想,我们这店即使依照《千字文》开了一千年,但"天"字以前和"也"字以后,一定还有年代。那么,时间从何时开始,何时了结呢?又是一个粗大的"？"隐约地出现在我的眼前。我问父亲:"祖父的父亲是谁？"父亲道:"曾祖。""曾祖的父亲是谁？""高祖。""高祖的父亲是谁？"父亲看见我有些像孟尝君,笑着抚我的头,说:"你要知道他做什么？人都有父亲,不过年代太远的祖宗,我们不能一一知道他的人了。"我不敢再问,但在心中思维"人都有父亲"这句话,觉得与空间的"无穷大"同样不可想象。很大的"？"又出现在我的眼前。

我入小学校,历史先生教我盘古氏开天辟地的事。我心中想:天地没有开辟的时候状态如何？盘古氏的父亲是谁？他的父亲的父亲的父亲……又是谁？同学中没有一个提出这样的疑问,我也不敢质问先生。我入师范学校,才知道盘古氏开天辟地是一种靠不住的神话。又知道西洋有达尔文的"进化论",人类的远祖就是做戏法的人所畜的猴子。而且猴子还有它的远祖。从我们向过去逐步追溯上去，可一直追溯到生物的起源，地球的诞生，太阳的诞生，宇宙的诞生。再从我们向未来推想下去，可一直推想到人类的末日，生物的绝种，地球的毁坏，太阳的冷却，宇宙的寂灭。但宇宙诞生以前，和寂灭以后，"时间"这东西难道没有了吗？"没有时间"的状态，比"无穷大"的状态愈加使我不能想象。而时间的性状实比空间的性状愈加难于认识。我在自己的呼吸中窥探时间的流动痕迹，一个个的呼吸鱼贯地翻进"过去"的深渊中，无论如何不可挽留。我害怕起来，屏住了呼吸，但自鸣钟仍在"的格，的格"地告诉我时间的经过。一个个的"的格"鱼贯地翻进过去的深渊中，仍是无论如何不可挽留。时间究竟怎样开始？将怎样告终？我眼前的"？"比前愈加粗大，愈加迫近了。夜深人静的时候，我屡屡为它失眠，我心中愤慨地想：我的生命是跟了时间走的。"时间"的状态都不明白，我不能安心做人！世人对于这个切身而重大的问题，为什么都不说起？以后我遇见人，就向他们提出这个问题。他们

"？！"

或者说不可知，或者一笑置之，而谈别的世事了。我愤慨地反抗："朋友！我这个问题比你所谈的世事重大得多，切身得多！你为什么不理？"听到这话的人都笑了。他们的笑声中似乎在说："你有神经病了！"我不再问，只能让那粗大的"？"照旧挂在我的眼前，直到它引导我入佛教的时候①。

廿二〔1933〕年二月廿四日

---

① 最后一句中"直到……"编入1957年版《缘缘堂随笔》时被作者删去。

怜 伤①

我们围坐在炉旁闲谈,偶然翻阅杂志,发见了一张科学界惊闻的照片。据说美国某处的人要把一所三层楼石造巨屋迁移到别处去,将屋下的基地凿断,填以木条和铁棍。用大力拖曳这连地的屋,使在铁棍上滚动,像开车一般。照片上所载的便是正在移动的石屋的样子(照片见《东方》第十三卷第二号)。炉旁的老者们看了这照片,对于这工程十分地惊叹,几乎不能相信。小孩子们听了并不诧异,因为在他们的想象的世界中,这原是不足稀奇的事;但听说房子能像车子般开走,也很高兴。我却由惊叹而转成了怜伤的心情。

---

① 本篇原载1933年4月16日《东方杂志》第30卷第8号。

我惊叹科学对自然的抵抗力的伟大。古人视为不可能的事，今人一件一件地在那里做到来。佛经里所谓天耳通，天眼通，现代的无线电话和电流照相都可仿佛；《穆天子传》里的八骏日行三万里，在现今的航空家看来也没有什么稀奇了。科学的抵抗自然，好像现今日本的侵略中国，一天进步一天。载着三层楼的大石屋的地皮，都可割断了使它像汽车般开走，由此更进一步，费长房①的缩地之方一定不难实现；飞来峰的传说也不足传诵了。科学对自然的抵抗力的伟大，真可惊叹！

但到了夜阑人散，火炉旁边只剩我一人的时候，我继续吟味刚才的话题，又觉得科学的抵抗自然的努力，可怜得很；地壳形成的时候偶然微微凹进了一块，科学就须费数千百人的头脑和气力来营造船舶，才得济渡这凹块。地球行动时微微走近太阳一些，科学就忙煞各种避暑防疫的设备；微微离开太阳一些，又要它忙煞御寒的工作了。假如地球走得高兴，一朝跑出

---

① 费长房，东汉方士，相传他有缩地术。

萬丈高樓從地起
百般事情由心生

万丈高楼从地起

轨道外边去玩玩，使用科学的人类就得全部灭亡，宇宙间更无科学的存在了。科学的抵抗自然，犹之娇儿的占胜两亲。要抱就抱，要携就携，要饼买饼，要糖买糖，都是两亲的恩宠！一旦失却了恩宠而见弃于父母，这娇儿就得死于冻馁，转乎沟壑，再向哪里去撒娇撒痴呢？科学的号称万能而抵抗自然，正像这小孩的对两亲撒娇撒痴，作威作福，怪可怜的！现代都市中的八十余阶的高层建筑，夸称为"摩天阁"（sky scraper），顾名思义，已是惭愧。一旦失却了自然的恩宠，大地震怒起来，科学只有束手旁观"摩天阁"的倒地和人类的死亡了！这话也许可以触怒科学万能的信徒。但在十年间连逢两次大震灾的日本人听了，一定有切身的感动。陶渊明诗云："荣华诚足贵，亦复可怜伤。"现代科学的荣华正是如此。

廿二〔1933〕年三月九日①

---

① 发表在《东方杂志》上时，文末所署为：民国二十二年三月九日于石门湾。

爱子之心[1]

吾乡风俗，给孩子取名常用"丫头""小狗""和尚"等。倘到村庄上去调查起来，可见每个村庄上名叫丫头的一定不止一个，有大丫头，小丫头等；名叫和尚的也一定不止一个，有三和尚，四和尚等。不但村庄上如此，镇上，城里，也有着不少的丫头、小狗，和和尚。名叫丫头的有时是一个老头子。名叫小狗的有时是一条大汉，名叫和尚的有时是一个富商。我在闻名见面时，往往忍不住要笑出来。

这种名字当然不是本人自己要取的，原是由乳名沿用而来的，但他们的父母为什么给他们取这种乳名

---

[1] 本篇原载1933年8月16日《东方杂志》第30卷第16号，收入《随笔二十篇》时有较大的改动。

九十九度的父爱

呢？窥察他们的用意，大概出于爱子之心。这种人的孩子时代大概是宠儿或独子。父母深恐他们不长养，因而给他们取这种名字。

为什么给孩子取名丫头、小狗，或和尚，孩子便会长养呢？窥察他们的理论是这样：世间可贵的东西往往容易丧失，而贱的东西偏生容易长养。故要宠儿或独子长养，只要在名义上把他们假装为贱的，死神便受他们的欺骗，不会来光顾了。故普通给孩子取名，大都取个福生、寿生、富生，或贵生，但给宠儿或独子取名，这等好字眼都用不着。并非不要他有福，有寿，大富，大贵，只因宠儿或独子，本身已经太贵而有容易丧失的危险。欲杜死神的觊觎而防危险，正宜取最贱的称呼。他们以为世间贱的东西，是女人、畜生，和和尚。故宠儿或独子的名字取了"丫头""小狗"或"和尚"，死神听见了便以为他真是丫头，真是和尚，或者真是一只小狗，就放他壮健地活在世上了。

"丫头"这称呼，在吾乡有两种用法：镇上人称使女为丫头，乡下人称女儿为丫头。无论为使女或女儿，总之，丫头就是女孩子。女人是贱的，女孩子是女人中之小者，故丫头犹言"小贱人"。以此称呼宠儿或独子给死神听，最为稳当。故一村之中，名叫丫头的一定不止一个。

畜生的贱，不言可知，但其中最贱的是狗，因为它是吃屎的。故宠儿独子只要实际不吃屎，不妨取名小狗。

至于和尚，在吾乡也是贱的东西。把儿子卖给寺里作小和尚，丰年也只卖三块钱一岁，荒年白送也没有人要。这样看来，小和尚比猪羊等畜生更贱。故名叫和尚的孩子尤多。但又有人说，这名字除此以外还有一种法力：和尚是修行的，修行是积福积寿的。取名为和尚，可免修行之苦，而得福寿之利，也是一种不劳而获的方法。

一九三三年六月廿九日

梦耶真耶[①]

我小时候对于梦的看法，和中年后对于梦的看法大不相同，甚至相反。

很小的时候，大约五六岁以前，好像是不做梦的，或者是做了就忘记的。那时候还不知人事，完全任天而动。饥则啼，饱则喜，乐则笑，倦则睡。白天没有什么妄想，夜里也不做什么梦；就是做梦，也同饥饱啼笑一样地过后即忘。七八岁以后，我初入私塾读书，方才明白知道人生有做梦的一件事体。但常把真和梦混在一起，辨不清楚。有时做梦先生放假，醒来的时候便觉欢喜。有时做梦跟邻家的小朋友去捉蟋蟀，次

---

① 本篇原载1933年1月1日《东方杂志》第30卷第1号。

日就去问他讨蟋蟀来看。这大概是因为儿时对于自己的生活全然没有主张或计划，跟了时地的变化和大人的指使而随波逐流地过去，与做梦没有什么分别的原故。

入了少年时代，我便知道梦是假的，与真的生活判然不同。但对于做梦这一件事，常常觉得奇怪而神秘。怎么独自睡在床里会同隔离的朋友见面，说话，游戏，又跑到很远的地方去呢？虽然事实已证明其为假，但我心中还想不通这个道理。做了青年，学了科学，我才知道这是心理现象的一种，是完全不足凭的假象。我听见有人骂一个乞丐说："你想发财，做梦！"又听见母亲念的《心经》中有一句叫做"远离颠倒梦想"，更知世人对于梦的看法：做梦是假的，荒唐而不合情理的。所以乞丐想做官发财类于做梦。所以修行的人要远离颠倒梦想。真的事实和梦正反对，是真的，切实而合乎情理的。

我在三十岁以前，对于"真"和"梦"两境一直作这样的看法。过了三十岁，到了三十五岁的今日，——

梦耶真耶

《东方杂志》向我征稿的今日，——我在心中拿起真和梦两件事来仔细辨认一下，发见其与从前的看法大不相同，几成正反对。从前我同世人一样地确信"真"为真的，"梦"为假的，真伪的界限判然。现在这界限模糊起来，使我不辨两境孰真孰假，亦不知此生梦耶真耶。从前我确信"真"为如实而合乎情理，"梦"为荒唐而不合情理。现在适得其反：我觉得梦中常有切实而合乎情理的现象。而现世家庭，社会，国家，国际的事，大都荒唐而不合理。我深感做人不及做梦的快适。从前我读到陆放翁的诗：

> 苦爱幽窗午梦长，
> 此中与世暂相忘。
> 华山处士如容见，
> 不觅仙方觅睡方。

曾经笑他与世"暂"相忘，何足"苦爱"？但现在我苦爱他这首诗，觉得午梦不够，要作长夜之梦才好。假如觅得到睡方，我极愿重量地吞服一剂，从此优游于梦境中，永远不到真的世间来了。

怎见得两境真假的界限模糊呢？我以为"真"的真与"梦"的假，都不是绝对的，都是互相比较而说的。一则"梦"的历时比"真"的历时短些，人们就指"梦"为假。二则"真"的幻灭（就是死）比"梦"的幻灭（就是醒）不易看见，人们就视"真"为真。三则梦中的状况比他世的状况变幻不测些，人们就说做梦是假的。四则世间的事过后都可拿出实物来作凭据，梦中的事过后成空，拿不出确实的凭据来，人们就认世间为真的。其实，这所谓真假全不是绝对的性质，皆由比较而来，其理由如下：（一）梦与真的历时长短，拿音乐来比方，不过像三十二分音符对全音符，久暂虽异，但同在"时间"的旋律中消失过去，岂有永远不休止的音符？（二）每天朝晨醒觉时看见"梦"的幻灭，但每人临终时也要看见"真"的幻灭，不过前者经验的次数多些，后者每人只经验一次罢了。（三）讲到状况的变幻不测，人世的运命岂有常态可测？语云:"今日不知明日事,上床忽别下床鞋。"人世的变幻不测与梦境有何两样? 就最近的时事看:内乱的起伏,党派的纠纷,都非我民意料所及;"一·二八"淞沪战事的突发,上海的灾民谁也说是"梦想不到的"。我战后来到上海,有好几次看见了闸北的一大片焦土而认真地疑心自己是在做梦呢。(四)"世间的事过后都可拿出实物来作凭据,梦中的事过后成空,拿不出确实的证据来。"这话只能在世间说,你的百年大梦醒觉以后,再向哪里去拿实物来证明世间的事的真实呢? 到了大梦一觉的时候,恐怕你要说"世间的事过后成空,拿不出确实的证据来"了。反之,若在梦中说话,也可以说"梦中的事过后都可拿出(梦中的)实物来作凭据"的。我们在世间认真地做人,在梦中也认真做梦。做了拾钞票的梦会笑醒来,做了遇绑匪的梦会吓出一身大汗。我曾做过写原稿的梦,觉得在梦中为梦中的读者写稿同在现世为《东方杂志》的读者写稿一样地辛苦,醒后感到头痛。当时想想真是何苦! 早知是假,悔不草率了事。但我现在并不懊悔,因为我确信梦中也有梦中的"世间法",应该和在现世一样地恪守。不然,我在梦中就要梦魂不安。可知人在梦中都是把梦当作现世一样看待的。反过来也说得通:人在现世常把现世当作梦一样看待,所以有"浮生若梦"的老话。读到"六朝如梦鸟空啼""十年一觉扬州梦"等句,回想自己所遭逢的衰荣兴废,离合悲欢,真觉得同做梦一样!凡人的"生涯原是梦",岂独"神女"而已哉。

这样说来,梦和真两境,可说都是真的,也可说都是假的,没有绝对真假的区别。所以我不辨两者孰真孰假,亦不知此生梦耶真耶。

怎见得梦中常有切实而合乎情理的现象,而现世的事反多荒唐不合情理呢?这道理是显明的。古人云:"昼有所思,夜梦其事。"昼之所思,是我的希望,我的理想,故夜梦大都是与我的生活切实相关而合乎情理的。现世的事便不然,自家庭、社会,以至国家,满目是荒唐而不合情理的现象。人的希望与理想往往在现世一时不能做到,而先在梦中实行。"黄帝昼寝而梦游于华胥氏之国。""后二十有八年,天下大治,几若华胥氏之国。"孔子在乱臣贼子的春秋时代"梦见周公"。自来去国怀乡,以及男女相恋的人,都在梦中圆满其欲望而实行其合理的生活。"梦里不知身是客,一晌贪欢。""故园此去十余里,春梦犹能夜夜归。""重门不锁相思梦,随意绕天涯。"这种梦何等痛快!"打起黄莺儿,莫教枝头啼;啼时惊妾梦,不得到辽西。"这思妇分明是有意耽乐于梦的生活,而在那里"寻梦"了。

同是虚幻,何必细论其切实与荒唐,合情理与不合情理,快适与不快适?总之,我中年以来对于真和梦,不辨孰真孰假,因而不知我生梦耶真耶。我不能忘记《齐物论》中的话:"不知周之梦为蝴蝶与?蝴蝶之梦为周与?"又常常想起晏几道的词:

> 从别后,忆相逢,几回魂梦与君同。今宵剩把银釭照,犹恐相逢是梦中。

教师之梦

可惜这银釭有些靠不住,怎知他不是梦中的银釭呢? 安得宇宙间有个标准的银釭,让我照一照人生的真相看?

廿一〔1932〕年十二月五日①

---

① 本篇发表在《东方杂志》上时,篇末所署为:廿一年十二月五日于石门湾。

建筑家之梦

选手之梦

新年[1]

从无始到无终,时间浩荡地移行着,本无所谓快慢。但在人的感觉上,时间划分了段落似觉过得快些,同时感到爽快,混沌地移行似觉过得慢些,同时感到沉闷。这好比音乐:许多音漫无分别地连续奏下去,冗长而令听者感觉厌倦。若分了乐章、乐段、乐句,划了小节,便有变化,而令人感觉快适了。

自然的时间划分,是寒暑与昼夜。一寒一暑为一年,一昼一夜为一日。但由寒到暑,由暑到寒,

---

[1] 本篇原载1934年1月《中学生》第41号,当时题名为《新年的快乐》。收入《随笔二十篇》时稍加改动,改名《新年》。收入作者自编的《缘缘堂随笔》(人民文学出版社1957年11月初版)时仍用《新年的快乐》。

除夜

微微地逐渐推移，浑无痕迹。人类嫌它冗长、散漫，便加以人工的划分。把一年划分为四季、十二个月，以求变化。阴历的月虽以月亮的一圆一缺为标准，但月亮的圆缺在实际上毕竟没有什么重大的影响，初一的白昼与十五的白昼并无分别。阳历的月就不管月亮的圆缺了，故十二月只能说是人工的划分。一个月有三十次昼夜，人类又嫌其冗长、散漫。再加以更细的划分，以七天为一星期。这样一来，日子过起来爽快得多，转瞬又是星期日。来了四个星期日，便是一月。假使没有星期的划分，一个月中同样的昼夜反复三十次，岂不厌倦？所以家居的人时常感到沉闷，度学校生活的人便觉得星期飞也似的过去。在地理书上看到一年中有数个月的长昼与长夜的两极地方的情形，谁也同情于他们的生活的苦闷。

但在昼夜一日一来复的温带上的生活中，一昼夜之间没有划分，仍嫌其冗长。便把它平分为十二时，或二十四小时。又把一小时分作六十分，一分分作六十秒。本来浑成一气的时间，现在就被切得粉碎，而部署为许多节段了。这样一来，人的度日就有了变化，而不觉其长。像学校的生活，一个上午划分作四个时间，一个时间内又划出五十分钟授课，十分钟休息。上课复休息，休息复上课，不知不觉之间，一上午过去，午膳的钟声已经响出了。小学校近来改用一刻钟或半小时为一课，划分尤为琐碎。儿童生活兴味旺盛，不能忍耐长时间的连续。给他们把时间这样细碎地划分了，他们便觉变化繁多，而不嫌其长，因而读书也有兴味了。古昔生活悠闲的诗人，春昼无事，静观默坐，便谓"日长如小年"。患失眠症的人觉得长夜漫漫，坐牢监的人度日如年。但生活繁快的人只觉"光阴如箭""日月如梭"。这虽是叹惜时间度送太忙的话，但当其度送之时，翻着日历写信，看着手表吃饭，抱着闹钟睡觉，只觉时间的经过变化百出，应接不暇，因而发生兴味，不觉沉闷之苦。这好比听赏节奏复杂而拍子急速的音乐，因其变化丰富，听者就不嫌乐曲之长。

可知时间划分愈细,感觉上过去愈快,生活上兴味愈多。故"快"就是"乐",快乐称为"快活"。人生一方面求寿命之长,一方面又求生活过去之快,两者看似矛盾,而其实无妨。因为这是在实际上求寿命之长,而在感觉上求生活过去之快。人工的时间划分,便是在感觉上求生活过去之快的一法。

新年也是在混沌的寒暑推移中用人工划分出来的时间的段落。虽然根据地球绕日的周期而定,然并不完全正确。阴历尤多参差。且在实际上,大晦日①与元旦同是冬令的一天,并无什么差别可以看出。所以也只能说是人工的划分。有了这划分,年的界限便判然,人的生活便觉爽快。有了这划分,人就可在元旦这一天的早上,兴致勃然地叫道:"新年开始了!""恭贺新禧!""发财发财!"好像从这一日起,天上换了一个新的太阳。

---

① 大晦日,日文意即除夕。

新年是一年中最快乐的时间,应该说些快乐的话。但想来想去,也只是由时间划分而来的这一点,此外没有别的快乐可说,在这国难民穷的时候。

廿二〔1933〕年十二月七日于浙江①

---

① 本文篇末原未署日期。这里的日期是发表在《中学生》上时篇末所署。

春

春是多么可爱的一个名词！自古以来的人都赞美它，希望它长在人间。诗人，特别是词客，对春爱慕尤深。试翻词选，差不多每一页上都可以找到一个春字。后人听惯了这种话，自然地随喜附和，即使实际上没有理解春的可爱的人，一说起春也会觉得欢喜。这一半是春这个字的音容所暗示的。"春！"你听，这个音读起来何等铿锵而惺忪可爱！这个字的形状何等齐整妥帖而具足对称的美！这么美的名字所隶属的时节，想起来一定很可爱。好比听见名叫"丽华"的女子，想来一定是个美人。

然而实际上春不是那么可喜的一个时节。我积三十六年之经验，深知暮春以前的春天，生活上是很不愉快的。

梅花带雪开了，说道是漏泄春的消息。但这完全是精神上的春，实际上雨雪霏霏，北风烈烈，与严冬何异？所谓迎春的人，也只是瑟缩地躲在房栊内，战栗地站在屋檐下，望望枯枝一般的梅花罢了！

再迟个把月吧，就像现在：惊蛰已过，所谓春将半了。住在都会里的朋友想象此刻的乡村，足有画图一般美丽，连忙写信来催我写春的随笔。好像因为我偎傍着春，惹他们妒忌似的。其实我们住在乡村间的人，并没有感到快乐，却生受了种种的不舒服：寒暑表激烈地升降于三十六度至六十二①度之间。一日之内，乍暖乍寒。暖起来可以想起都会里的冰淇淋，寒起来几乎可见天然冰，饱尝了所谓"料峭"的滋味。天气又忽晴忽雨，偶一出门，干燥的鞋子往往拖泥带水归来。"一春能有几番晴"是真的；"小楼一夜听春雨"其实没有什么好听，单调得很，远不及你们都会

---

① 三十六，六十二，均指华氏度。

里的无线电的花样繁多呢。春将半了，但它并没有给我们一点舒服，只教我们天天愁寒，愁暖，愁风，愁雨。正是"三分春色二分愁，更一分风雨"！

春的景象，只有乍寒、乍暖、忽晴、忽雨是实际而明确的。此外虽有春的美景，但都隐约模糊，要仔细探寻，才可依稀仿佛地见到，这就是所谓"寻春"罢？有的说"春在卖花声里"，有的说"春在梨花"，又有的说"红杏枝头春意闹"，但这种景象在我们这枯寂的乡村里都不易见到。即使见到了，肉眼也不易认识。总之，春所带来的美，少而隐；春所带来的不快，多而确。诗人词客似乎也承认这一点，春寒、春困、春愁、春怨，不是诗词中的常谈么？不但现在如此，就是再过个把月，到了清明时节，也不见得一定春光明媚，令人极乐。倘又是落雨，路上的行人将要"断魂"呢。

可知春徒有其名，在实际生活上是很不愉快的。实际，一年中最愉快的时节，是从暮春开始的。就气候上说，暮春以前虽然大体逐渐由寒向暖，但变化多端,始终是乍寒,乍暖,最难将息的时候。到了暮春,方才冬天的影响完全消灭,而一路向暖。寒暑表上的水银爬到 temperate〔温和〕上,正是气候最 temperate 的时节。就景色上说,春色不须寻找,有广大的绿野青山,慰人心目。古人词云:"杜宇一声春去,树头无数青出。"原来山要到春去的时候方才全青,而惹人注目。我觉得自然景色中,青草与白雪是最伟大的现象。造物者描写"自然"这幅大画图时,对于春红、秋艳,都只是略蘸些胭脂、朱磦,轻描淡写。到了描写白雪与青草,他就毫不吝惜颜料,用刷子蘸了铅粉、藤黄和花青而大块地涂抹,使屋屋皆白,山山皆青。这仿佛是米派山水的点染法,又好像是 Cézanne〔塞尚〕风景画的"色的块",何等泼辣的画风!而草色青青,连天遍野,尤为和平可亲、大公无私的春色。花木有时被关闭在私人的庭园里,吃了园丁的私刑而献媚于绅士淑女之前。草则到处自生自长,不择贵贱高下。人都以为花是春的作品,其实春工不在花枝,而在于草。看花的能有几人?草则广泛地生长在大地的表面，普遍地受大众的欣赏。这种美景，是早春所见不到的。那时候山野中枯草遍地，满目憔悴之色，看了令人不快。必须到了暮春，枯草尽去，才有真的青山绿野的出现，而天地为之一新。一年好景，无过于此时。自然对人的恩宠，也以此时为最深厚了。

讲求实利的西洋人，向来重视这季节，称之为May（五月）。May是一年中最愉快的时节，人间有种种的娱乐，即所谓May-queen（五月美人）、May-pole（五月彩柱）、May-games（五月游艺）等。May这一个字，原是"青春""盛年"的意思。可知西洋人视一年中的五月，犹如人生中的青年，为最快乐、最幸福、最精采的时期。这确是名符其实的。但东洋人的看法就与他们不同：东洋人称这时期为暮春，正是留春、送春、惜春、伤春，而感慨、悲叹、流泪的时候，全然说不到乐。东洋人之乐，乃在"绿柳才黄半未匀"的新春，便是那忽晴、忽雨、乍暖、乍寒、最难将息的时候。这时候实际生活上虽然并不舒服，

春秋多佳日登高賦新詩　子愷

春秋多佳日

柳下桃蹊,乱分春色到人家
丁亥二月 子恺画

柳下桃蹊

但默察花柳的萌动,静观天地的回春,在精神上是最愉快的。故西洋的"May"相当于东洋的"春"。这两个字读起来声音都很好听,看起来样子都很美丽。不过 May 是物质的、实利的,而春是精神的、艺术的。东西洋文化的判别,在这里也可窥见。

一九三四年三月十二夜十时

五 月[①]

预计五月赴杭州西湖旅行写生,寓弥陀寺大愿师处,一个月。现在离这时期还有二十天。虽然我不一定会照预计实行,或者虽实行而结果不一定如意。但未来的预计,往往富有兴趣与希望。我过去的生活,是端赖这种兴趣希望维持的。现在不妨对于我的五月写生旅行生活,作种种的预想。

我应该置备些什么用品?这是第一个问题。画箱、水筒、纸、笔,我都有了,只须添买些颜料。颜料须特别多买几瓶 lemon yellow〔柠檬黄〕和 prussian blue〔普蓝〕。因为这两者可以调成绿色,

---

[①] 本篇曾由作者稍加改动,改名《五月写生旅行》,发表在1947年6月30日《天津民国日报》上。

而绿色是五月的自然界最丰富的色彩。我的画中一定要多量地使用。于是我闭着两眼一看，固然看见浓绿的草木，充塞于西湖的四周，好像一条大而厚的绿绒毯子，包裹了湖上的诸山。我的写生旅行生活的预想，便增添了不少的兴趣与希望。我确定我的写生一定成功。虽然我久不写生，数年来作画但凭记忆或想象，但这一回一定不会失败。因为绿色充满在我的画面中。这是象征和平的色彩。无论我的笔法构图何等幼稚、拙劣，只走几笔绿色也可以慰人心目。我将来写西湖上的青山绿树时，准拟把绿的颜料特别浓重地涂抹，使这和平的色彩稳固地，永久地保留在我的画面里。古人称"绿肥红瘦""绿暗红稀"，又说"断送一年春在绿阴中"。都有怜惜红的减却，而怪怨绿的发展的意思。我真不解他们的心理。自然界中，绿色比红色，在分量上普遍得多，在性质上可亲得多。以绿代红，使风景增加和平与美丽，应该是可喜的事，又何用嗟叹？不必说自然风景，就是这几天在上海跑马路，也常实际地感到这一点。跑到十字路口，看见红灯使人不快。它要你立着等待几分钟才得通过。反之,看见绿灯就觉得和平可亲。它仿佛在向你招手,保你平安地穿过"如虎口"的马路去。

但我又预想我的五月旅行,倘不仅画自然界的写生,而又去画人间界的感想。我又非特别多买几瓶vermillion〔朱红〕和rose madder〔玫瑰红〕不可。因为人间界的五月,不是绿的而是红的。自五一至五卅,不是有许多天含着危险和血腥的回想吗?要画五月的人间,非多量地施用红色不可。这使我觉得奇怪,五月的自然界与人间界,为什么演成了这般反对的状态?我的预想便转入支路:五月大约就是阴历的四月。阴历四月称为清和月,风景清丽,气候温和,是一年中最好的季节。古人云:"一年好景君须记,最是橙黄橘绿时。"橙黄橘绿原也是一种美景,但远不及青山绿野的广大普遍。况且时近冬令,寒气肃杀,在人间界不能说是良辰。美景而兼良辰的,一年中只有五月。就五月的自然界说,冬的寒气已经全消,夏的炎威尚未来临。四六时中,气候温和。无论停午夜分,皆可自由起居行动。这是自然对人的恩宠期。故西洋旧俗以五月为行乐之月，在户外举行种种的May-games〔五月游艺〕。由此可知五月的自然界与人间界，本来是最调和的。倘得五月中的许多纪念日都变了May-games的举行期，我们的生活何等幸福？我也可省下买vermillion与rose madder的铜板来，向新市场的采芝斋买些粽子糖，和大愿和尚共吃了。

廿三〔1934〕年四月八日

为坐船而坐船

西湖上的大饼油条

九 日

唐人岑参诗云:"强欲登高去,无人送酒来。遥怜故园菊,应傍战场开。"这是《九日思长安故园》的诗。我学生时代在《唐人万首绝句选》中读到这首诗,便很欢喜它,一直记忆着。这会旅途中到一处地方的小客栈里去投宿,抬头望见柜内老板娘的头顶的壁上挂着一个阴阳历对照的日历,其下面写着"九月初九",便又忆起了这首"九日"诗。

从前的欢喜它,现在想起了可笑;我小时候欢喜喝酒,而学生时代不得公开地喝。到了秋深蟹正肥的时候,想起了故乡南湖大蟹正上市,菊花盛开,为之神往;但身为制服所羁绊,不得还乡去享受。酒欲不满足,便不惜把故乡比作战场,而无病呻吟地寄同情于岑参这首诗。这与大欲不满足的人嗟叹"世间何等荒凉！我的心何等寂寞！"同一心理。无病呻吟常可为满足欲望之物的代用品。

现在重忆这首诗，仍觉得可爱。但滋味与前不同。现在我不喝酒了，即使要登高去，也无须叫人送酒来，上面两句与我无关。但读到下面两句，似觉有强烈的感动，因而想起了最近的过去经历；前年[①]暮春，我搭了赴战地摄影的新闻记者汽车到江湾时，曾经看见坍圮了的旧寓中的小棕榈树，还青青地活着。虽然我在沪战前早已离去江湾，但这棕榈是我所手植的，这时候正傍着战场而欣欣向荣着。使我对那首诗强烈地感动的，便是这一点实地经历。

重阳将跟了废历而被废除了。登高将成为历史风俗中的事了。唐代的战场到现代早已沧海桑田了，但唐代人的这首《九日》诗，还能给现代人以强烈的感动。当此菊花盛开的时候，对于无数的战地丧家者，当更给以切身的感动呢。

廿二〔1933〕年十月

---

① 据立达学园校史，应为去年（即1932年）。

佳节年年愁里过

相逢不用忙归去

随感五则

一

立秋一过,便觉秋意一天浓似一天了。自家人返故乡后,近来颇感到独居的清趣。行动与思想,都极自由,不似前日之受拘束,而回想那种拘束,又觉甜蜜可恋。

丙寅〔1926〕年乞巧节

---

① 本篇原载1927年2月《一般》杂志第2卷第2号。

二

近来的乐事,只是"默看""沉思"。尤其是晚间喝了三杯酒,仰卧了看星,可以抽发无穷的思想。天体究竟是什么? 怎样? 借几本天文学的书来看,书中只是说了许多记不牢名称与认不出位置的星,全没有答复我的疑问。我就把书去还了。

丙寅〔1926〕年七月初八日

三

我似乎看见,人的心都有包皮。这包皮的质料与重数,依各人而不同。有的人的心似乎是用单层的纱布包的,略略遮蔽一点,然真而赤的心的玲珑的姿态,隐约可见。有的人的心用纸包,骤见虽看不到,细细掯①起

---

① 掯,疑为"抲"。"抲"为浙江方言,意即抓,捕捉。

来也可以摸得出。且有时纸要破,露出绯红的一点来。有的人的心用铁皮包,甚至用到八重九重。那是无论如何摸不出,不会破,而真的心的姿态无论如何不会显露了。

我家的三岁的瞻瞻的心,连一层纱布都不包,我看见常是赤裸裸而鲜红的。

丙寅〔1926〕年十二月初十日

四

人们谈话的时候,往往言来语去,顾虑周至,防卫严密,用意深刻,同下棋一样。我觉得太紧张,太可怕了,只得默默不语。

安得几个朋友,不用下棋法来谈话,而各舒展其心灵相示,像开在太阳光中的花一样!

丙寅〔1926〕年十二月十一日

掩鼻人间臭腐场

饮酒看书四十年

五

　　黄昏时候,花猫追老鼠,爬上床顶,又从衣箱堆上跳下。孩子吓得大哭,直奔投我的怀里。两手抱住我的头颈,回头来看猫与老鼠在橱顶大战,面上显出一种非常严肃而又万分安心的表情。

　　我在世间,也时时逢到像猫与老鼠的大战的恐吓,也想找一个怀来奔投。可是到现在还没有找到。

丙寅〔1926〕年十二月十三日①

---

① 此"随感五则",各则篇末所署日期皆据《一般》杂志。

随感十三则

一

花台里生出三枝扁豆秧来。我把它们移种到一块空地上,并且用竹竿搭一个棚,以扶植它们。每天清晨为它们整理枝叶,看它们欣欣向荣,自然发生一种兴味。

那蔓好像一个触手,具有可惊的攀缘力。但究竟因为不生眼睛,只管盲目地向上发展,有时会钻进竹竿的裂缝里,回不出来,看了令人发笑。有时一根长条独自脱离了棚,颤袅地向空中伸展,好像一个摸不着壁的盲子,看了又很可怜。这等时候便需我去扶助。扶助了一个月之后,满棚枝叶婆娑,棚下已堪纳凉闲话了。

有一天清晨,我发见豆棚上忽然有了大批的枯叶和许多软垂的蔓,惊奇得很。仔细检查,原来近地面处一支总干,被不知什么东西伤害了。未曾全断,但不绝如缕。根上的养分通不上去,凡属这总干的枝叶就全部枯萎,眼见得这一族快灭亡了。

这状态非常凄惨,使我联想起世间种种的不幸。

二

有一种椅子,使我不易忘记:那坐的地方,雕着一只屁股的模子,中间还有一条凸起,坐时可把屁股精密地装进模子中,好像浇塑石膏模型一般。

大抵中国式的器物,以形式为主,而用身体去迁就形式。故椅子的靠背与坐板成九十度角,衣服的袖子长过手指。西洋式的器物,则以身体的实用为主,形式即由实用产生。故缝西装须量身体,剪刀柄上的两个洞,也完全依照手指的横断面的形状而制造。那种有屁股模子的椅子，显然是西洋风的产物。

但这已走到西洋风的极端，而且过分了。凡物过分必有流弊。像这种椅子，究竟不合实用，又不雅观。我每次看见，常误认它为一种刑具。

三

散步中，在静僻的路旁的杂草间拾得一个很大的钥匙。制造非常精致而坚牢，似是巩固的大洋箱上的原配。不知从何人的手中因何缘而落在这杂草中的？我未被"路不拾遗"之化，又不耐坐在路旁等候失主的来寻；但也不愿把这个东西藏进自己的袋里去，就擎在手中走路，好像采得了一朵野花。

我因此想起《水浒》中五台山上挑酒担者所唱的歌："九里山前作战场，牧童拾得旧刀枪。"这两句怪有意味。假如我做了那个牧童，拾得旧刀枪时定有无限的感慨：不知那刀枪的柄曾经受过谁人的驱使？那刀枪的尖曾经吃过谁人的血肉？又不知在它们的活动之下，曾经害死了多少人之性命。

也许我现在就同"牧童拾得旧刀枪"一样。在这个大钥匙塞在大洋箱的键孔中时的活动之下，也曾经害死过不少人的性命，亦未可知。

四

发开十年前堆塞着的一箱旧物来，一一检视，每一件东西都告诉我一段旧事。我仿佛看了一幕自己为主角的影戏。

结果从这里面取出一把油画用的调色板刀，把其余的照旧封闭了，塞在床底下。但我取出这调色板刀，并非想描油画。是利用它来切芋艿，削萝卜吃。

这原是十余年前我在东京的旧货摊上买来的。它也许曾经跟随名贵的画家，指挥高价的油画颜料，制作出①帝展一等奖的作品来博得沸腾的荣誉。现在叫

---

① 近代有不用笔而用刀来描画的画风，故云。——作者原注

它切芋艿，削萝卜，真是委屈了它。但芋艿，萝卜中所含的人生的滋味，也许比油画中更为丰富，让它尝尝吧。

五

十余年前有一个时期流行用紫色的水写字。买三五个铜板洋青莲，可泡一大瓶紫水，随时注入墨匣，有好久可用。我也用过一会，觉得这固然比磨墨简便。但我用了不久就不用，我嫌它颜色不好，看久了令人厌倦。

后来大家渐渐不用，不久此风便熄。用不厌的，毕竟只有黑和蓝两色：东洋人写字用黑。黑由红黄蓝三原色等量混和而成，三原色具足时，使人起安定圆满之感。因为世间一切色彩皆由三原色产生，故黑色中包含着世间一切色彩了。西洋人写字用蓝，蓝色在三原色中为寒色，少刺激而沉静，最可亲近。故用以写字，使人看了也不会厌倦。

紫色为红蓝两色合成。三原色既不具足，而性又刺激，宜其不堪常用。但这正是提倡白话文的初期，紫色是一种蓬勃的象征。并非偶然的。

六

孩子们对于生活的兴味都浓，而这个孩子特甚。

当他热中于一种游戏的时候，吃饭要叫到五六遍才来，吃了两三口就走，游戏中不得已出去小便，常常先放了半场，勒住裤腰，走回来参加一歇游戏，再去放出后半场。看书发见一个疑问，立刻捧了书来找我，茅坑间里也会找寻过来。得了解答，拔脚便走，常常把一只拖鞋遗剩在我面前的地上而去。直到划袜走了七八步方才觉察，独脚跳回来取鞋。他有几个星期热中于搭火车，几个星期热中于着象棋，又有几个星期热中于查《王云五大词典》，现在正热中于捉蟋蟀。但凡事兴味一过，便置之不问。无可热中的时候，镇日没精打采，度日如年，口里叫着"饿来！饿来"！

其实他并不想吃东西。

七

有一回我画一个人牵两只羊，画了两根绳子。有一位先生教我："绳子只要画一根。牵了一只羊，后面的都会跟来。"我恍悟自己阅历太少。后来留心观察，看见果然：前头牵了一只羊走，后面数十只羊都会跟去。无论走向屠场，没有一只羊肯离群众而另觅生路的。

后来看见鸭也如此。赶野的人把数百只鸭放在河里，不须用绳子系住，群鸭自能互相追随，聚在一块。上岸的时候，赶鸭的人只要赶上一二只，其余的都会跟了上岸。无论在四通八达的港口，没有一只鸭肯离群众而走自己的路的。

牧羊的和赶鸭的就利用它们这模仿性，以完成他们自己的事业。

八

每逢赎得一剂中国药来，小孩们必然聚拢来看拆药。每逢打开一小包，他们必然惊奇叫喊。有时一齐叫道："啊！一包瓜子！"有时大家笑起来："哈哈！四只骰子！"有时惊奇得很："咦！这是洋囡囡的头发呢！"又有时吓了一跳："啊唷！许多老蝉！"……病人听了这种叫声，可以转颦为笑。自笑为什么生了病要吃瓜子，骰子，洋囡囡的头发，或老蝉呢？看药方也是病中的一种消遣。药方前面的脉理大都乏味；后面的药名却怪有趣。这回我所服的，有一种叫做"知母"，有一种叫做"女贞"，名称都很别致。还有"银花""野蔷薇"，好像新出版的书的名目。

吃外国药没有这种趣味。中国数千年来为世界神秘风雅之国，这特色在一剂药里也很显明地表示着，来华考察的外国人，应该多吃几剂中国药回去。

九

《项脊轩记》里归熙甫描写自己闭户读书之久,说"能以足音辨人"。我近来卧病之久,也能以足音辨人。房门外就是扶梯,人在扶梯上走上走下。我不但能辨别各人的足音,又能在一人的足音中辨别其所为何来。"这回是徐妈送药来了?"果然。"这回是五官送报纸来了?"果然。

记得从前寓居在嘉兴时,大门终日关闭。房屋进深,敲门不易听见,故在门上装一铃索。来客拉索,里面的铃响了,人便出来开门。但来客极稀,总是这几个人,我听惯了,也能以铃声辨人。有时一种顽童或闲人经过门口,由于手痒或奇妙的心理,无端把铃索拉几下就逃,开门的人白跑了好几回;但以后不再上当了。因为我能辨别他们的铃声中含有仓皇的音调,便置之不理了。

十

盛夏的某晚，天气大热，而且奇闷。院子里纳凉的人，每人隔开数丈，默默地坐着摇扇。除了扇子的微音和偶发的呻吟声以外，没有别的声响。大家被炎威压迫得动弹不得，而且不知所云了。

这沉闷的静默继续了约半小时之久。墙外的弄里一个嘹亮清脆而有力的叫声，忽然来打破这静默：

"今夜好热！啊咦——好热！"

院子里的人不期地跟着他叫："好热！"接着便有人起来行动，或者起立，或者欠伸，似乎大家出了一口气。炎威也似乎被这喊声喝退了些。

十一

尊客降临，我陪他们吃饭往往失礼。有的尊客吃起饭来慢得很：一粒一粒地数进口去。我则吃两碗饭只消五六分钟,不能奉陪。

我吃饭快速的习惯,是小时在寄宿学校里养成的。那校中功课很忙,饭后的时间要练习弹琴。我每餐连盥洗只限十分钟了事,养成了习惯。现在我早已出学校,可以无须如此了,但这习惯仍是不改。我常自比于牛的反刍:牛在山野中自由觅食,防猛兽迫害,先把草囫囵吞入胃中,回洞后再吐出来细细嚼食,养成了习惯。现在牛已被人关在家喂养,可以无须如此了,但这习惯仍是不改。

据我推想,牛也许是恋慕着野生时代在山中的自由,所以不肯改去它的习惯的。

十二

新点着一支香烟,吸了三四口,拿到痰盂上去敲烟灰。敲得重了些,雪白而长长的一支大美丽香烟翻落在痰盂中,"吱"地一声叫,溺死在污水里了。

我向痰盂怅望,嗟叹了两声,似有"一失足成千古恨"之感。我觉得这比丢弃两个铜板肉痛得多。因为香烟经过人工的制造,且直接有惠于我的生活。故我对于这东西本身自有感情,与价钱无关。两角钱可买二十包火柴。照理,丢掉两角钱同焚去二十包火柴一样。但丢掉两角钱不足深惜,而焚去二十包火柴人都不忍心做。做了即使别人不说暴殄天物,自己也对不起火柴。

十三

一位开羊行的朋友为我谈羊的话。据说他们行里有一只不杀的老羊,为它颇有功劳:他们在乡下收罗了一群羊,要装进船里,运往上海去屠杀的时候,群羊往往不肯走上船去。他们便牵这老羊出来。老羊向群羊叫了几声,奋勇地走到河岸上,蹲身一跳,首先跳入船中。群羊看见老羊上船了,便大家模仿起来,争先恐后地跳进船里去。等到一群羊全部上船之后,他们便把老羊牵上岸来,仍旧送回棚里。每次装羊,必须央这老羊引导。老羊因有这点功劳,得保全自己的性命。

我想,这不杀的老羊,原来是该死的"羊奸"。

一九三三年九月

捉蟋蟀

酒酣耳热

热手巾

倘使羊识字

縁堂